JN042524

「そう急くことはない。俺としては当分あなたを独占していたいからな」
「わたしはエーリク様のものですわ」
「かわいいひとだ」
満足げに囁いて、エーリクはゆっくりと腰を揺らし始めた。

囚われ令嬢でしたが一途な王子様の最愛花嫁になりました

小出みき

Vanilla文庫

一途な王子様の最愛花嫁になりました 囚われ令嬢でしたが

目次

イラスト／芦原モカ

序章

「迎えに来て、お母様。わたしを天国へ連れていって」

墓標の前に跪《ひざまず》いた少女が、小さな手を組み合わせて一心に祈っている。

教会の裏手の墓地。大理石の小さな墓標はまだ真新しく、霧雨にしっとりと濡《ぬ》れていた。

濃灰色の簡素なローブをまとい、うねる黄金の髪を背に垂らした少女はまだ七歳。母譲りの典雅な美貌《びぼう》はあどけなく、澄んだ菫色《すみれいろ》の瞳は深い悲しみに昏く沈んでいる。

「ずっとお母様の近くにいたいのに、お父様はわたしを修道院に入れると仰《おっしゃ》るの。それもうんと遠くの……。そうしたら、お母様にお花もさしあげられない。そんなのいや。遠くの修道院へ行くのもいや。だからお母様、今すぐわたしを迎えに来てくださいな。わたし、天国でもきっといい子にします」

食い入るように白い墓碑を見つめ、少女は繰り返しこいねがった。雨上がりの下草に跪《ひざまず》いているのでローブの裾はすっかり湿り、膝は冷たくなっていたけれど、かまわず祈り続ける。

灰色の雨雲が音もなく流れ、天を指すような糸杉がかすかに揺れた。

濡れた下草を踏む音にふと振り向き、少女は大きく目を見開いた。折しも雲の隙間からきらめく陽光が降り注ぎ、佇《たたず》む人物を神々しく浮かび上がらせる。

それは十四、五歳の玲瓏《れいろう》たる少年の姿をした、何かとてつもなく尊いものだ。

少女は弾《はじ》かれたように立ち上がり、胸の前でぎゅっと手を組みあわせた。

「天使様！　迎えに来てくださったのね！」

「……えっ？」

嬉々《きき》として叫ばれた少年は、たじろいで目を瞬かせた。慌ただしく視線を動かし、どうやら自分のことらしいと悟って、困ったように眉尻を垂れる。

「……ごめん、天使じゃない」

「違うの⁉」

子どもらしい率直さでガッカリされ、美しい少年はますますすまなげな顔になった。

「ごめんね……」

少女は唖然《あぜん》とした顔で立ち尽くしていたかと思うと、突然くしゃくしゃと顔をゆがめ大声で泣き始めた。

「やだぁっ、やだーっ、お母様に会いたいよぉ！　うぁあん、うぁああーん」

わぁわぁ泣きわめく少女に目を丸くした少年は、急いで少女の前に跪いた。

「泣かないで。そんなに泣いたら天国のお母様が心配するよ」

「……心配したら、ひっく、迎えに、ひっく、来てくれる……？　ひっく」

「来られないんだ、今はまだ。きみにはまだたくさん寿命が残ってるからね」

「じゅみょう……？」

「長い時間ってことだよ。きみはこれから大人になって、いろんな経験をしなくちゃならない。そして、うーんと幸せになる」

「しあわせ……」

「そうだよ。お母様は、きみがおとなになって幸せになるのを見たいんだ。それをすごく楽しみにしていらっしゃるんだよ。だからね。きみが泣いていると、お母様はとても悲しまれる。お母様を悲しませるのはいやだよね？」

「いや！」

「じゃあ、泣くのはちょっと、やめようか」

「……うん」

涙をこらえてこっくり頷《うなず》く。少年は微笑《ほほえ》み、取り出した真っ白なハンカチで優しく少女の涙を拭いた。

少女は改めて少年をまじまじと眺めた。

うなじにかかるくらいの艶《つや》やかな黒髪。少し長めの前髪から覗《のぞ》く瞳は透明感のある明るい青だ。そう、雨上がりの空みたいな。

　少年はていねいに涙をぬぐうとハンカチをしまい、少女に微笑みかけた。

「さぁ、お家へ帰ろう。風邪をひくといけない。きっとお母様も天国からハラハラしながら見ていらっしゃるよ」

「お母様、今も見てるの？」

「きっとね」

「じゃあ、風邪ひかない。――絶対大丈夫よ、お母様！」

　雲の走る空を見上げて大きく手を振る少女に、少年はにっこりと微笑んだ。その清爽《せいそう》な笑顔に、少女は幼い胸をときめかせた。

「……おにいさまは、本当に天使じゃないの？」

「うん、ふつうの人間」

「でも、とっても綺麗《きれい》だわ。教会の絵の天使より、ずっと」

　称賛を込めて見つめると、少年はくすぐったそうに笑った。

「きみのほうがもっと綺麗だよ」

　照れくさくなってうつむく。天使よりも美しい少年に、綺麗だと褒められるなんて、なんだか畏れ多い。

　少年に促され、少女は母の墓を後にした。

手をつないでゆっくりと墓地を歩く。雨雲が流れてゆき、澄んだ空気に光が射《さ》してきらめいている。

「……わたしね、遠くの修道院に行かなきゃいけないんですって」

「そうみたいだね」

「わたしがいなくなったら、誰がお母様のお墓にお花を供えてくれるのかしら。お母様はお花が好きだったの。だからいつでもお墓は花でいっぱいにしてあげたいの」

「お父様がしてくれるだろう」

「だと……いいけど……」

ん？　と少年が訝《いぶか》しげに少女の顔を覗《のぞ》き込《こ》む。

「お父様、あまりお家にいらっしゃらないから……。お母様が病気になっても、やっぱりお留守で。お母様、とても寂しそうだった。だからわたし、ずっとお側《そば》についていたの」

「そうか」

少年は感慨深そうに頷いた。

「お庭で摘んだ花を枕元に置くと、とても喜ばれたの。だから毎日お花を供えようと思ってた。でも、遠くの修道院へ行ったらできないでしょ」

「だったら墓守に頼もう。墓守にお金を払って花を供えてもらうんだ。きみは遠くの修道院からお祈りすれば大丈夫だよ」

「わたし、お金持ってないわ」

父親に頼めば出してくれるだろうか。

だが、少年はかぶりを振って微笑んだ。

「僕が出すよ」

「でも」

「大丈夫。ちょうどいい、頼んでおこう」

墓地の掃除をしている墓守を見つけ、少年は少女の手を引いて歩み寄った。

人のよさそうな老人の墓守は、少年が話をして小さな革袋を渡すとぎょっとした顔になってしきりと首を振った。どうやら革袋は大きさのわりにずっしり重みがあるようだ。

「いや、坊ちゃん。こんなにいただくわけにはいきませんよ」

「少なくともこの子が大人になるまでは続けてほしいんだ。僕もできるだけ見に来るつもりだけど……この子が遠く離れた地でも安心していられるように」

老人はしんみりした顔で少女を見つめ、頷いた。

「わかりやした。……お嬢ちゃま、安心しなせぇ。この爺《じい》が、お母ちゃまのお墓をいつでもきれいにしてお花を供えてさしあげるから」

「ありがとう、おじいさん」

嬉《うれ》しくなって少女はにっこりした。修道院へ行きたくない気持ちに変わりはないけれど、一番の気がかりは解決できた。

「ありがとう、おにいさま」

「安心した?」

「はい。でも、やっぱり修道院はいや」

「うーん……。それは今の僕にはどうにもできないな」

「いいの。愚痴《ぐち》っただけだから」

大人ぶった口調に少年が苦笑する。

「でも、残念。おにいさまが天使だったら、修道院に行っても会えるのに」

溜《た》め息《いき》をつくと少年は困ったように眉根を寄せた。

「ああ、それは僕も残念だな。本当に天使なら、きみが困っているときや泣いているときに、すぐに飛んで行けるのに」

輝くような白い翼をはためかせる少年の姿を思い描き、少女はドキドキした。悲しいことがあったら必ずそうしよう。きっと勇気が出てくるはず。

「……そうだ。これをあげる」

少年が仕立ての良いチュニックの下から引っ張りだしたものに、少女は歓声をあげた。

「わぁっ、綺麗!」

それは銀製の美しいペンダントだった。鎖の先にぶら下がっているのは丸い籠様の銀細工で、中には黄色っぽい半透明の塊が入っている。

「あ。いい匂いがする。甘い……けど、森の中にいるみたいな……？」

「乳香《オリバナム》という香料だよ。魔除《まよ》けになるんだ」

少女は少年が首にかけてくれたペンダントを手にとり、気後れしつつ眺めた。

「すごく素敵……。本当にもらっていいの？」

このような香料がとても高価なものであることは、幼い少女でも知っている。

少年は、それこそ天使のようににっこりと微笑んだ。

「もちろん。きっときみを守ってくれるよ」

「ありがとう、大切にするわ」

少女はローブの中にそっとペンダントをしまった。皮膚に触れた銀細工は、ひやりと冷たい感触をもたらしたけれど、心はポッと火が灯《とも》ったように温かかった。


……今でもその火は消えていない。

寂しいとき。悲しいとき。

銀細工の籠に鼻を近づけると、あのときの光景が懐かしく思い出される。

美しい少年の面影は、すっかり朧《おぼろ》になってしまったけれど……。

やっぱり彼は天使だったのだと、そう思えてならない。

第一章　悪魔公の求婚

王国の主要街道を、よどみなく馬車は進んでいた。

石畳の整備された道ゆえ、振動はそれほどでもない。物入れ兼用の座席は羊毛を詰め込んだ革張りで、その上に厚手の敷物と毛皮が敷かれているため乗り心地は快適だった。向かいの座席では侍女がうつらうつらと舟を漕《こ》いでいる。

窓の日除《ひよ》けをそっとめくって外を覗いたクラリサは、馬車と平行して進む騎馬の人影にハッとした。黒光りする立派な軍馬に跨《また》がった堂々たる体格の騎士――。

軍装ではなく貴族の平服に短めのマントをはおった姿だが、体軀《たいく》と姿勢のよさには際立ったものがある。背に垂れるほどの艶やかな長い黒髪はうなじでひとつに結ばれ、皮手袋をはめた手でゆったりと手綱を握る凛然《りんぜん》たる横顔に思わず見とれてしまった。

視線を感じたか、騎士がふっと振り向く。反射的に目許《めもと》を染めると、厳冬期の朝まだきのような蒼《あお》い瞳がたちまちやわらいだ。

「疲れたか？」

響きのよい声音は、最高級の黒貂《てん》の毛皮を思わせる艶《つや》めいたバリトンだ。

どぎまぎしながらかぶりを振る。

「い、いいえ……。すみません」

思わず謝ってしまうと彼は微笑んだ。

「あと少し進めば休憩場所に着く。先発隊が軽食の準備などもしているから、もうしばらく辛抱してくれ」

こくりと頷き、ふたたび座席にもたれた。

ふたりの声で目を覚ました侍女が、恥ずかしそうに顔を赤らめて座り直した。

「すみません、つい居眠りを」

「いいのよ。あと少しで休憩ですって」

「よかった。身体を伸ばしたいと思ってたんです」

侍女は大きく溜め息をついた。

日除けの薄布が風にあおられるたび窓から精悍《せいかん》な騎士の風貌がちらちら覗いて、クラリサは落ち着かない気分になった。

マグダレナ王国の第一王子にしてレーヴェンムート公爵、そしてクロイツァー辺境伯であるエーリク・ゲルハルト。若々しさと重厚さを絶妙に兼ね備えた美丈夫は、八つ年上の二十七歳だ。

クラリサはそっと溜め息を洩《も》らした。やっぱり信じられない。
彼が自分の――夫だなんて。

ヴァイスハイト伯爵の娘であるクラリサは今から二か月前、身に覚えのない罪で突然投獄された。罪状は国王暗殺未遂。マグダレナ国王の毒殺を図ったと言うのだ。

きっぱり否認したが有無を言わさず引き立てられ、王城の半地下にある牢獄《ろうごく》に放り込まれた。形ばかり行なわれた取り調べで有罪の証拠として挙げられたのは、クラリサが国王に献上したニワトコの花のコーディアルだった。

それは十年間過ごした修道院で習い覚えたレシピで手作りしたもので、たまたま風邪気味だった国王にさしあげたところ大層お気に召し、この一年ほど定期的に献上していた。

国王は毎晩夕食後にそのコーディアルを飲んでいたのだが、ある日いつものように飲んだあと急に具合が悪くなり、一時はかなり危険な状態にまで陥った。

さいわい持ち直したものの未《いま》だ床に就いたままで、政治は王太子アードルフと宰相を務めるグラオザ宮中伯が代行している。

屋敷に武装した王都警備隊が踏み込んできて護送馬車に押し込まれたのは、雪のちらつく寒い日のこと……。

クラリサの弁明は容《い》れられず、投獄されて一か月以上の日々が空《むな》しく過ぎた。

冷たい地下牢《ちかろう》で侍女が差し入れてくれた毛布を身体に巻きつけ、ガチガチ歯を鳴らして寒さに耐えていると、突然鉄格子の扉が開かれた。

鍵束を手にした牢番《ろうばん》の背後に不機嫌そうに立っているのは、クラリサを犯人と決めつけた宰相グラオザ宮中伯だ。

「出ろ」

ぶっきらぼうに言われ、クラリサは硬直した。

ついに処刑されるのか——。

恐怖と悔しさとで、薄い皮膚が破れるほど唇を噛《か》みしめる。

牢《ろう》の隅にうずくまったままのクラリサに、宰相は舌打ちして顎をしゃくった。

進み出た牢番がクラリサの腕を摑《つか》み、力まかせに引き起こす。痩せ細った足首で、じゃらりと鎖が鳴った。

よろめくクラリサに宰相は顔をしかめた。

「……これでは見苦しすぎるな。仕方ない、風呂に入れて身ぎれいにしてやれ」

「それはこちらでやる」

突然、聞き慣れぬ声が毅然《きぜん》と割って入った。

同時にまた別の人影がのっそりと現われ、宰相は気圧《けお》されたように後退《あとずさ》った。

「殿下、このようなところまでお運びになることは――」

クラリサはぎくりとした。

(まさかアードルフ殿下……!?)

婚約者にもかかわらず、クラリサを擁護するどころか犯人と決めつけて投獄し、その後一度たりとも顔を見せることのなかった、マグダレナの王太子――。

しかし、すぐに違うと気付いた。その人影はアードルフよりもずっと背が高く、頑健そうな体格だ。通路からの灯で逆光になっていて顔立ちはよくわからないが、その瞳が真摯な光を放っていることだけは何故《なぜ》か見て取れた。

「遅くなってすまない」

彼は低声で囁《ささや》くと、一転してぎろりと牢番を睨《にら》んだ。

「何をしている、さっさと足枷《あしかせ》を外さんか!」

鋭い眼光に竦《すく》み上《あ》がった牢番は慌ててクラリサの足元に屈《かが》み込《こ》んだ。栄養失調でふらつく身体を力強い腕が支えてくれる。

重い足枷が外れると同時に彼は軽々とクラリサを抱き上げ、牢を出た。

地下牢の出入り口をくぐった途端、待ち構えていたようにひとりの女性が飛んできた。

「お嬢様! ああ、なんてひどい……!」

「ナディ……ネ……?」

それは伯爵家の屋敷で二年前から仕えているナディーネだった。彼女は瞳を潤ませ、何度も頷いた。

男性はクラリサをしっかりと抱いて大股で歩きだした。

「すぐに手当てを。それから湯浴《ゆあ》みと食事だ。着替えも用意しなくては」

何がどうなっているのかわからないが、どうやら自分は処刑を免れたらしい。

一か月以上ろくな食事を与えられずに監禁されていたせいで、頭がはっきりしない。

自分を救ってくれた男性が誰なのかもわからないまま、クラリサは王宮の一角へ連れて行かれた。

まずは風呂に浸《つ》かって全身を洗い清め、清潔なリネンの夜着を着せられて足枷で擦れた傷の手当てをしてもらう。すべてナディーネが付きっきりで世話してくれた。

手当てが済むと温めたベッドでスープを飲んだ。よく煮込まれた牛肉や根菜は口に入れただけでほろほろと崩れるほどにやわらかく、五臓六腑《ごぞうろっぷ》に染み渡る美味《うま》さだ。

ようやく人心地がつき、クラリサは先ほどの男性についてナディーネに尋ねた。彼はクラリサを部屋まで運ぶと、あとは侍女にまかせて席を外している。

ナディーネは心得顔で大きく頷いた。

「すぐお呼びしますね！」

「ちょ、ちょっと待って――」

慌てて制したが、すでに侍女は勇んで部屋を飛び出していた。

（ど、どうしましょう……）

クラリサはベッドのヘッドボードに並べたクッションにもたれ、おろおろと自分のなりを見下ろした。上質なリネンの夜着の上にショールを巻きつけただけの格好だ。

十九歳の未婚女性として面談可能な男性は家族でなければ医師くらいなもの。しかし相手は窮地を救ってくれた人物だ。それに、宰相は彼のことを『殿下』と呼んでいた。

マグダレナ王国に『殿下』と呼ばれる人物はふたりしかいない。

ひとりは第二王子にして王太子、クラリサの元婚約者でもあるアードルフ。

もうひとりはアードルフの異母兄であり、国境の重要な砦《とりで》を預かる辺境伯を務める第一王子、エーリク。

（あの方が……エーリク王子……？）

勇猛なる獅子《しし》、剛胆公と称《たた》えられる一方で、冷酷無比な悪魔のごとき人物とも囁かれる謎めいた王子だ。漠然と抱いていたイメージと先ほどの礼儀正しく真摯な偉丈夫の印象が、どうにも噛《か》み合《あ》わない。彼は『遅くなってすまない』と詫《わ》びさえした。

そうこうするうち侍女が戻ってきた。そういえば、どうしてナディーネはここにいるのだろう……？

彼女に続いて先ほどの男性が現われ、クラリサは慌てた。急いでショールを掻《か》き合《あ》わせ、居住まいを正して頭を垂れる。

「いいから楽にしていなさい」

彼は無造作に言い、自ら椅子を持ってきて座った。クラリサはおずおずと顔を上げた。

「エーリク殿下……で、いらっしゃいますか……?」

「ああ」

精悍さ漂う男らしい美貌に鋭利な微笑が浮かぶ。我知らず鼓動が高まり、ショールを押さえる指先に力がこもった。

「あの……。何故、わたしを……?」

「もちろん、あなたが無罪だからだ」

微塵《みじん》の迷いもなく断言され、胸が熱くなる。じっと見つめる蒼い瞳は理知的でありながら決して冷たくはなく、むしろ燃え立つような情熱を秘めている。

「……嬉しいです、信じていただけて」

「信じただけではない。あなたはすでに自由の身だ」

呆然《ぼうぜん》とするクラリサをいたわるようにエーリクは頷いた。

「今はゆっくり身体を休めなさい。詳しいことは回復してから話そう」

「でも……」

「大丈夫、とにかく休んで回復に努めるのが先決だ。心配せずともよい、あなたの身は私が守る」

力強い言葉に胸がいっぱいになり、クラリサは唇を震わせて漸《よう》う頷《よ》いた。

「ありがとう……ございます……」

「欲しいものがあればなんでも侍女に言うといい。すぐに用意する」

「牢から出していただけただけで充分ですわ」

本気でそう言うと、エーリクは眩《まぶ》しいものでも見るかのように目を細めた。

彼は何か言いたげに口を開いたものの、思い直したようにさっと立ち上がった。

「もう休んだほうがいいな。また明日様子を見に来る。とにかく心配はいらない」

「はい」

誠意に満ちた朴訥《ぼくとつ》な口調に笑みがこぼれる。エーリクはかすかに顔を赤らめ、大股に部屋を出ていった。

扉近くに控えていた侍女は、彼を見送るといそいそと歩み寄った。

「さぁ、お嬢様。もうお休みなさいませ。――ああ、だめだめ、お話は明日です。殿下が仰ったとおり、今はしっかり休むのが先決ですよ」

「でも、ナディーネ。明日になったらあなたが消えていそうで怖いのよ。これって夢なんじゃないかしら」

「ご安心なさいませ、わたしもエーリク殿下も消えたりしません。これは全部現実ですよ。

さぁ、ふかふかのあたたかいおふとんでお休みになって。わたしはすぐ隣の小部屋に控えております。ご心配なら扉を開けておきますから。何かあればすぐに駆けつけます。なんにもあるわけありませんけどね。エーリク殿下の部下の方々がしっかりお守りしていますから、怖いことなんてありません」

「わたしが眠るまで側にいてくれる……？」

「もちろんですとも」

ナディーネはエーリクが座っていた椅子に腰を下ろし、差し伸べられたクラリサの手を優しく握った。

ようやく安堵《あんど》して目を閉じる。これが夢でないことを念じつつ、クラリサは眠りに引き込まれていった。

泥のように眠ってクラリサが目を覚ましたのは翌々日の朝だった。

丸一昼夜眠り続けたことになる。一月以上に及んだ牢獄生活で、心身ともに疲弊しきっていたのだろう。

「よくお休みでしたけど、わたし心配になってしまって。エーリク殿下に相談したら、医術の心得のある部下の騎士様を連れてきてくださいました」

身を起こしたクラリサにお湯で絞ったリネンを渡しながらナディーネが言う。

「眠っているだけだから大丈夫、って言われて安心しました。よほど疲れているようだから好きなだけ眠らせるようにって。当然ですよね。あんなひどいところに押し込められていたのですもの」

温かいリネンを顔に押し当て、クラリサは溜め息をついた。

「……正直思い出したくないわ」

「お忘れになってください。何も心配することなどございません。これからはエーリク殿下がお嬢様を守ってくださいます」

「そのことなんだけど――」

「そうそう、殿下は昨日、何度もお見舞いにいらしたんですよ。大丈夫だと言われても、やはりご心配だったのでしょうね。本当にお優しい方！　悪魔公なんてまるきりでたらめですわ。――あ、何か仰いました？」

「いえ、いいの。……そういえば、ナディーネはどうして殿下と一緒に？　ひょっとしてお父様が殿下にわたしの冤罪《えんざい》を訴えてくださったのかしら」

エーリクと父には特に接点などないはずだが……。

王子とはいえエーリクはずっと辺境の領地にいて、たまに恐ろしげな噂話《うわさばなし》が流れる他はほとんど忘れられた存在だった。父は宮廷での出世に余念がない。領地経営は家令に任せきりで王宮に入り浸《びた》り、宰相の腰巾着のようになっている。

洗面用具を片づけながら、侍女は気まずそうに言い出した。

「実はわたし、お嬢様が投獄されたとたんに暇を出されまして……」

それでは厄介払いも同然だ。

(わたしを救い出す気はなかった、ということ……?)

「お嬢様に毛布を差し入れたときには、もう馘《クビ》になってたんです。あのときは牢番に心付けを渡してどうにか差し入れできたんですが」

それからもナディーネは食べ物などを持って面会に来たのだが、心付けに要求される額が跳ね上がり、とても払えなかった。しかも持参した食料を牢番に奪い取られ、邪険に追い払われたという。

「ごめんなさい。ひどい目に遭わせてしまったわね」

思わず手を握りしめると、侍女は瞳を潤ませて首を振った。

「お嬢様のせいじゃありません。悪いのは伯爵様や奥様です！　お嬢様の言い分を聞きもせず、牢屋《ろうや》に入れっぱなしにするなんて。奥様はともかく、伯爵様は実の父なのに――」

憤然と吐き捨てたかと思うと、ナディーネはさっと頰《ほお》を染めた。

「すみません。お嬢様のお父上を」

「……仕方ないわ。わたしはあまり……好かれていなかったから。それよりナディーネは今までどうしてたの？　突然暇を出されては困ったでしょう」

「王城近くの食堂で給仕をしてました。伯爵様のお屋敷にいたときの顔見知りの紹介で。お城の兵士も来ますから、何か噂話《うわさ》でも聞けないかと……。お嬢様を助け出すのは無理でも、何かお力になれることがあるんじゃないかと思ったんです」

「ありがとう……」

じわりと瞳が潤む。ナディーネが小間使いとして採用されたのは二年前にクラリサが修道院から王都の屋敷に戻ってからだが、とても気が合った。

そう、半分血のつながった異母妹よりもずっと、彼女には親しみを感じていた。

「一昨日の昼頃のことです。わたしが食堂でいつものように給仕をしていると、突然エーリク殿下が現われて。これからお嬢様をお救いするから、前のようにお仕えする気はないかと訊《き》かれたんです」

一も二もなく承知したナディーネを伴い、エーリクは王城へ急行した。

「どうやったのかはわかりませんが、とにかく殿下はお嬢様の即時解放を宰相に承知させたんです。わたしは廊下にいたので詳しい遣《や》り取りは聞いてません。宰相はお嬢様を連れてくるから待つようにと言ったみたいです。でも殿下はとても悠長に待ってなどいられないと、わたしを連れて地下牢へ向かわれました」

あとはクラリサも知るとおりだ。

「ありがたいわ。本当に感謝してもしきれない。……でも、どうして殿下はわたしを救出する気になられたのかしら。遠いご領地にいらしたはずよね？」

「はい。お供の騎士様たちから聞きました。なんでもお嬢様が王様に毒を盛った容疑で牢に入れられたと報告が届き、取るものも取り敢《あ》えず駆けつけたそうです。それはもう馬を飛ばしに飛ばして、途中で何度も乗り換えたそうですよ」

そこまで必死になって駆けつける理由がそもそもわからないのだが、ナディーネを問い詰めても仕方がない。

「さぁ、お嬢様。お食事にいたしましょう。滋養のあるものを食べて早く元気にならなきゃ。ベッドで召し上がりますか？　それともお召し変えなさいます？」

「着替えるわ。病気ではないのだし」

「では、ゆったりしたドレスにしましょう。まだ体調が万全ではありませんからね」

肌触りのよいシュミーズの上からコット（ワンピース型の長衣）を着て、胴回りを締めつけるボディスは着けずに布製のベルトをゆるく巻きつける。

その上から袖無しのシュルコー（ゆったりしたワンピースドレス）を重ねた。

屋敷内で過ごす普段着姿ではあるが、どれも見た覚えのないものだ。

「どうしたの、これ？　わたしのものではないようだけど」

「殿下にお願いして取り寄せていただきました。お嬢様が眠っている間に必要なものをリストにして渡したんです。その日のうちに全部揃《そろ》えてくださいましたよ」

うきうきとナディーネは答えた。

「……なんだか申し訳ないわ」

「王子様ですもの、これくらい大したことありませんよ。辺境伯として広い領地もお持ちですし」

それはそうだろうが、縁もゆかりもない人だけに気が引けてしまう。

「この深い緋色《ひいろ》のシュルコー。襟ぐりと裾に小粒の宝石が縫い込まれていて素敵。これなら人前にも出られますし、エーリク殿下がいついらしても大丈夫ですわ」

ナディーネは満足そうに頷き、クラリサの手を引いて寝室を出た。

続きの間にはすでに食卓が用意されていた。甘みをつけた麦粥《がゆ》や、やわらかなゆで卵。果物のシロップ漬け、とろとろに煮込んだスープなど、栄養があって消化のよさそうなものが並んでいる。

これもまたエーリクが王宮料理人に命じて作らせたものだそうで、味も申し分なかった。牢で出された食事はかちかちになったパンとチーズだけだったから、よけいに美味《おい》しく感じられる。

ゆっくりと食事をした後は暖炉の前で長椅子に寝そべってくつろいだ。パチパチと弾けながら揺れる炎を眺めていると、夢とも現《うつつ》ともつかぬ不思議な心持ちになってくる。

うとうとしていたクラリサは、ふわりと温かなもので包まれる感触で我に返った。ナディーネがショールでもかけてくれたのかと視線を上げると、見知らぬ男性が顔を覗き込んでいて仰天する。

「すまない。起こしてしまったか」

知らない人ではない。エーリク王子だ。

いぎたない格好を見られたことにうろたえ、クラリサは急いで身を起こした。肩から滑り落ちたのは毛皮を裏張りした輝くような白いマントだった。

「申し訳ございません！　ご無礼を……」

「いや、私のほうこそ休んでいるところを邪魔して悪かった」

彼はナディーネが持ってきた椅子に腰を下ろした。

来訪を知らせてくれればよかったのに……とナディーネを軽く睨んだが、澄ました顔でそそくさと下がってしまう。

自分を起こさないように気をつかってくれたのだろうとクラリサは思い直した。

「これ、お返しします」

マントを差し出そうとするクラリサを、エーリクは手で制した。

「いや、それはあなたのものだ。王都もだいぶ春めいてきたが、朝晩はまだ冷える。体力も落ちているし、風邪をひかないよう用心しないと」

「この衣服も用意していただいたそうですし……」

「大したことはない。あなたに似合う衣装を、もっと揃えよう。希望があればなんでも言ってくれ」

「そ、そんな。もう充分にしていただきました。牢から出していただけただけで、本当にありがたくて……」

エーリクは立ち上がるとマントをクラリサの肩に着せ掛けて微笑んだ。

「侍女から聞いたが、この一月であなたはずいぶん痩せたそうだ。あんなひどいところにいたのだから当然だが……。もっと早く来るべきだった」

「いえ！　大急ぎで来てくださったと伺いました。……あの。でもどうして殿下はそうまでしてわたしを救ってくださったのでしょう？　もちろん感謝しておりますが、その、どうにも腑《ふ》に落ちなくて。殿下とはお会いしたこともありませんし……」

「遇《あ》ったことは、ある。覚えてないか？」

クラリサはとまどって目を瞬いた。

「すみません。いつのことでしょうか……？」

「二年前だ。場所はこの王宮」

二年前に王宮で……というと、すぐに思い当たるのは婚約式だ。思い出すと同時にクラリサの胸中は厭《いや》な苦い味で満たされた。

クラリサは十七歳になると同時に、十年間を過ごした修道院を出て生家であるヴァイスハイト伯爵家に戻った。領地の城ではなく王都にある屋敷だ。

クラリサが修道院にいる間に父は再婚し、新しい家族を持っていた。屋敷は継母の意向で全面的に改装され、クラリサが母と過ごした当時の面影は完全に消え失《う》せていた。

クラリサが修道院を出たのは、王太子アードルフと正式な婚約式を行なうためだ。

亡き祖父と国王が交わした約定により、クラリサは生まれながらに『世継ぎの花嫁』の地位にあった。

今から三十年近く前、国境をめぐって隣国と紛争が巻き起こったとき、危機に陥った国王を命懸けで救出したのがクラリサの祖父だ。

祖父はそのときの傷がもとで亡くなったが、命の恩人と感謝した国王は、功に報いるため孫娘を世継ぎの花嫁にすると死の床の祖父に誓った。

当時クラリサの父はまだ未婚だった。祖父には父の他に子がおらず、必然的に、いずれ生まれるであろう孫娘を迎えよう――ということになったのだ。

クラリサの誕生から三か月後、第二王子アードルフが生まれた。第一王子エーリクはすでに八歳になっていたが、腹違いの弟が生まれたことで政治的な軋轢《あつれき》が生じたらしい。

正式に世継ぎが決まらないまま月日は流れ、いつのまにかエーリク王子は母后とともに離宮へ移っていた。

彼は十五歳で成人すると同時に公爵の名誉称号と辺境伯位を与えられ、王都から遠く離れた領地へ向かった。母を亡くしたクラリサが修道院へ入れられたのは、ちょうどその頃だ。クラリサが物心ついた頃にはエーリク王子はすでに離宮へ移っており、彼に会った記憶はない。

同い年の第二王子アードルフとは婚約者候補（彼のほうが）として時折引き合わされたが、楽しい思い出などひとつもなかった。

アードルフは金髪の巻き毛が可愛《かわい》らしい美少年だったが、わがままな上に底意地が悪く乱暴者で、ちょっとでも気に入らないことがあればクラリサの髪を力任せに引っ張ったり、叩《たた》いたりした。

修道院に入って唯一ホッとしたのは、アードルフに苛《いじ》められずにすむということだ。

そして十年の月日が流れ、アードルフが世継ぎとして確定した。

実質的に政治を掌握《しょうあく》している宰相が後《うし》ろ楯《だて》についており、彼に牛耳られた家臣団のほとんどがアードルフを支持したからだ。

アードルフの十七歳の誕生日に、立太子式と婚約式が行なわれることになり、クラリサは王都の屋敷へ戻った。立太子式には出なかった。女性で出席したのはアードルフの母后だけで、後は成人男性のみだ。

婚約式で十年ぶりに顔を合わせたアードルフは相変わらず綺麗な顔立ちをしていた。口《くち》許《もと》の小さなほくろが甘い美貌を強調している。金髪に鮮やかな緑の瞳、すらりとした体軀の美青年は物語に出てくる王子様そのものだ。

だが、彼と視線がぶつかった瞬間、十年前と同じぞっとするような戦慄《せんりつ》が背筋を走った。

何も変わっていない。残酷で嗜虐《しぎゃく》的な、蜥蜴《トカゲ》みたいな目付き。

そう、けばけばしい緑色の蜥蜴。

真っ赤な舌とギラギラ光る金色の目をした、毒蜥蜴だ――。

式の間じゅうクラリサは絶望に打ちのめされていた。できることならすぐにも逃げ出したかった。アードルフと結婚するくらいなら修道女になったほうがいい。出てきたばかりの修道院に駆け戻ろうかと本気で考えた。

式では互いの指に揃いの指輪を嵌《は》めるだけだったが、それだけでも鳥肌がたつほど厭だった。ただ差し出された指に嵌めればいいだけなのに、アードルフはわざわざクラリサの手を摑んで指輪を指の付け根にぐりぐりと押しつけたのだ。

そうしながらアードルフはニヤニヤ嗤《わら》っていた。

乙女らしい潔癖さから、クラリサはその仕種《しぐさ》に忌まわしいものを感じ取った。

反射的に手を引っ込めようとすれば、逆に痛いほど強く摑まれる。歯を食いしばって耐えたものの、式が終わっても暗澹《あんたん》たる気分は増すばかりだった。

その後の祝宴は苦行以外の何物でもなかった。華美な礼服姿のアードルフと並んで座らされ、笑顔で挨拶を受けなければならなかったのだ。

その間アードルフがテーブルの下でクラリサの腿《もも》を厭らしく撫《な》で回《まわ》そうとしたり、脚を絡めたりするので、クラリサは顔に微笑を貼り付けながら必死に手を払いのけ、脚を蹴飛ばさねばならなかった。

やがてワインを飲みすぎたアードルフの悪戯《いたずら》が我慢の限界を越えたため、クラリサは疲れて頭痛がすると言い訳して退席した。だが、馬を預けた厩舎《きゅうしゃ》にたどり着く前に、追いかけてきたアードルフに捕まってしまった。

人気のない場所へ連れ込まれ、押し倒されて――。

(――あ)

そこまで記憶をたどったところでクラリサは思い出した。

のしかかったアードルフの酒臭い息に嫌悪で吐き気を催した瞬間。身体の上から重みがふっと消え、鈍い物音とアードルフの潰れた悲鳴が重なった。

呆然と見上げた先にあったのは峻烈《しゅんれつ》さを湛《たた》えつつも端正で凛々《りり》しい美貌。甘い腐臭漂うアードルフのそれとはまるで違う、清冽《せいれつ》な湧き水のごとき美貌だった。

「……エーリク殿下……だったのですか……?」

「厭なことを思い出させてしまったな。すまない」

彼は気づかわしげに秀麗な眉をひそめた。クラリサは慌ててかぶりを振った。

「そんな！　こちらこそ、きちんとお礼も申し上げず逃げ出したりして……」

「私がそうするよう言ったのだ。気に病むことはない」

エーリクは武骨な笑みを浮かべた。ちょっと堅苦しい、でもそれだけに誠実さの感じられる気持ちのいい笑顔だ。

思わずぼうっと見とれてしまい、ふと我に返ってうろたえる。

「聞くところによると、あれから屋敷に閉じこもってしまったそうだな。よほどショックだったのだろう。無理もないことだが」

「アードルフ殿下に仕返しされるのではないかと、怖くて……」

「あなたから引き剝《は》がしたあと、できるだけ諭してはみたのだが、残念ながらさしたる効果はなかったようだ。このような無体は二度と許さぬと厳しく言いつけると、その場では真っ青な顔で頷いた。しかし去る者は日々に疎し。私が王城から出て行けばすぐに忘れてしまったに違いない。どうせそんなことだろうと部下に見張らせておいたところ、あなたが投獄されたという知らせが届いた。慌てて飛んできたが間に合ってよかった。あんな劣悪な環境に、あなたのような深窓の令嬢がそう長く耐えられたとは思えない。ひどく身体を壊さずにすんでよかった」

しみじみと嘆息され、クラリサは顔を赤らめた。

「修道院に十年いましたから。自給自足で畑仕事などもしていましたし、体力はあると思います」

「二年前はそうだったかもしれないが、あれからは屋敷に籠もっていたのだから体力も落ちただろう。ずいぶんやつれてしまったと侍女も心配していた」

「あ、ナディーネを連れてきてくださってありがとうございました」

「気心の知れた世話係が必要だと思ってな。信頼できそうなしっかりした人物のようだ」

「はい。とても気が合うんです」

頷いたクラリサは、気になっていたことを思い切って尋ねてみた。

「あの、エーリク殿下。わたしの容疑は本当に晴れたのでしょうか……？」

「ああ。毒が入っていたのはあなたが献上したコーディアルではなく、それを割ったワインのほうだったのだ」

コーディアルは煮詰めたシロップなので、もともと水やお湯などで割って飲むものだが、国王は温めた赤ワインで割って飲むのがお気に入りだった。

国王はクラリサの作ったコーディアルを鍵のかかる貴重品棚に入れていた。鍵は国王が秘密の隠し場所にしまってある。エーリクは会話ができるくらいに回復した国王から鍵の隠し場所を教えてもらい、コーディアルの入った壺《つぼ》を取り出した。

コーディアルはすでに半分ばかり飲み終えていた。クラリサが毒入りのものを献上したのなら、もっと早く中毒症状が出たはずだ。

「宮廷医師を呼びつけて問《と》い質《ただ》そうとすれば、一身上の都合で辞めたと言われてな。今の医師はその弟子で、陛下が倒れた後に王城へ上がった者だ。彼が言うには、使われた毒はイヌサフランだろう、と」

「イヌサフラン……ですか？　確かそれ、通風のお薬ですよね」

十年過ごした修道院には薬草園があり、様々な薬を作っていた。手伝っていたクラリサにも多少の心得はある。

「そう、陛下は通風を患っておられる。以前からイヌサフランは治療に使われていた。もちろん厳重に用量を守ってのことだが」

件《くだん》のコーディアルを調べると毒は入っていなかったが、毒入りワインはいくら探しても見つからなかった。

「そちらは処分したにしても、コーディアルに毒を入れることはできなかったのだな。鍵がかけられている上に隠し戸棚になっていて、そもそもどこだかわからない。陛下はしばらく口もきけない状態だったので、とにかくコーディアルを飲んだ後に倒れたのだから原因はコーディアルに違いないと決めつけた」

「そんな……」

「決めつけざるを得なかったのかもな。宰相は誰が犯人なのか、知っていたのかもしれない。あるいは宰相自身が犯人か……」

「まさか！」

「わからんさ。王宮は伏魔殿《ふくまでん》だ」

苦々しくエーリクは吐き捨てた。

「通風薬が悪用されたのなら、それを容易に手に入れられる者が怪しいに決まっている。つまり、国王の身近な人物だ。コーディアルが無害だったのだから、言うまでもなくあなたは除外される。定期的に陛下に呼ばれて面談はしていたが、それ以外は屋敷に籠もりきりで外出も滅多《めった》にしない。となれば怪しい人物はおのずと限られる……。その辺を宰相に言うと、藪蛇《やぶへび》を恐れたのか、私の言葉を遮《さえぎ》るようにあなたの釈放に同意したよ。それこそやけくそのようにな」

フンとエーリクは冷たく鼻を鳴らした。よほど虫が好かないらしく、彼の口調は辛辣だ。

宰相は国王が体調を崩す以前から独断専行が目立っていた。国王はもともと第二王子で父王と兄王太子が流行病《はやりやまい》で相次いで亡くなったため急遽即位《きゅうきょ》したという経緯がある。

王の政治力不足を補佐していた宰相は、いつしか国王を差し置いて自ら采配を振るうようになっていた。国王は未だ宰相に頭が上がらないのか、唯々諾々《いいだくだく》と従っている。

今のところマグダレナの国内情勢は安定しており、国境はそれぞれ担当の辺境伯たちが睨みをきかせているので大きな問題はないが、王子としてエーリクが歯がゆい思いを抱くのも当然だ。

王太子アードルフは父王以上に宰相の傀儡《かいらい》も同然なのだから、彼が王城を伏魔殿と吐き捨てるのももっともだと思えた。

「……すまない。ご婦人の前で汚い言葉を吐いてしまった」

恥じたようにエーリクが頭を下げる。

「ご心配なのはわかりますわ」

「ともかく、あなたの嫌疑は晴れているから安心しなさい」

はい、とクラリサは頷いた。

「まずは身体を回復させることが先決だ。……ところで、その後の希望は何かあるだろうか」

「希望……ですか？」

「まぁ、身の振り方だな。今後どこで暮らすか、といったことだ。すぐに決めろというわけではないが」

クラリサは考え込んだ。

「普通なら実家に戻るのが当然なのでしょうけれど、わたし……投獄されたときにヴァイスハイト伯爵家とは縁を切られているのです。父から直接言われたのではなく手紙でしたが、口頭より書面のほうが正式……ですよね？」

「そうだな。手紙はもっておられるか」

「えーと……どうしたかしら」

控えているナディーネに目を遣《や》ると、頷いて寝室から折り畳まれた書状をもってきた。

書状には赤い封蠟《ふうろう》のかけらがまだついている。

エーリクはクラリサから手渡された書状を開き、素早く目を通して頷いた。

「確かに絶縁するとはっきり書かれている。伯爵の署名付きで。これは本物か？」

「父の筆跡に間違いありません」

「相続人からも外すとある。クラリサどのは爵位継承権を持っていたのだな」

「男子優先なので、弟の次ですけど」

「弟はいくつだ？」

「十歳になったばかりです。腹違いなので。……父が再婚してすぐに生まれました。継母とは以前から内縁関係にあったようです。正式な結婚後に生まれないと庶子扱いになってしまいますから急いだのでしょう」

「確か……腹違いの妹もいたな？」

「はい。ただ彼女はわたしの母がまだ健在の頃に生まれていますから継承権はありません。……わたし、妹は継母の連れ子だとずっと思っていたんです。一歳しか違わないし……。でも、実際には父を同じくする異母妹でした」

「それはショックだったろうな……」

クラリサは薄い笑みを浮かべた。

「父は昔から母にもわたしにも無関心でした。ただ、わたしは『世継ぎの花嫁』と定められていたので、利用価値があっただけ。……その価値ももうなくなりました。投獄と同時に婚約を破棄されましたから」

それは牢に入れられて最初に告げられたこと。宰相はクラリサの訴えに耳も貸さず、冷淡に婚約破棄を告げて父からの絶縁状を手渡した。

「実家に戻りたいのであれば、絶縁を取り消すよう伯爵を説得してみよう」

「あの家には戻りたくありません」

きっぱりとクラリサは告げた。あそこはもう見知らぬ人たちの住まいだ。母との懐かしい思い出はひとつも残っていない。かといって他に行くあてなどあるはずもなく――。

「……修道院へ戻るしかなさそうですね。でも受け入れてもらえるかしら。あそこは伯爵家の領地にある修道院なんです。絶縁されたわたしを受け入れてくれるかどうか……」

「修道女になりたいのか？」

「なりたいわけではありませんが、他にあてもありませんし。――そうだわ、ナディーネと一緒に町の食堂で働こうかしら。洗い物や給仕なら修道院でもしていたからできると思います」

「「とんでもない！」」

エーリクとナディーネが同時に叫び、クラリサは目を丸くした。

期せずして唱和してしまったナディーネは青くなってしゃちこばり、エーリクはかすかに目許を赤らめて咳払《せきばら》いした。

「伯爵令嬢が町の食堂で給仕など……」

「絶縁されましたからもう貴族ではありません。日々の糧は自力で得なければ」

「心がけは大変立派だが……その前にひとつ考えてもらいたいことがある」

「なんでしょうか」

ひょっとして働き口を紹介してくれるのかと、クラリサは目を輝かせて身を乗り出した。

エーリクは眩しそうに目を瞬き、また咳払いをした。

「その……。よければ我が領地に来てはどうかと」

「ご領地の修道院を紹介してくださるのですか？」

「そうではなく、私の住まいであるクロイツァー城砦《じょうさい》で暮らすのはどうかと思ってな」

「ああ、賄い婦として雇っていただけるのですね！　ありがとうございます。修道院で料理も習い覚えてきましたのでお任せください」

「違う！」

気色ばんで否定され、クラリサはきょとんとした。壁際に控えたナディーネが眉を大きく上げ下げしながら両手を揉《も》み絞《しぼ》り、くねくねと身悶《みもだ》えしているのは何故だろう？

「では掃除婦でしょうか。大丈夫です、掃除も修道院で――」

「そうではない！　私の妻として一緒に生活してほしいと言っているのだ！」

焦れたように叫ばれ、クラリサはぽかんと彼を見返した。

「つ、ま……？」

「そうだ」

エーリクはすっくと立ち上がったかと思うと、いきなりクラリサの前に跪いた。

「クラリサどの。私と結婚してもらえないだろうか。誠心誠意、あなたに求婚する」

つま。

けっこん。

きゅうこん。

思いがけがなさすぎて言葉の響きと意味がなかなか結びつかない。

真剣なエーリクの蒼い瞳を見つめているうちに、ようやくバラバラになった音と意味が結びついた。

「――――つ、妻……ですか!?　エーリク殿下の……っ!?」

「そうだ。王太子ではないが、私も王族だ。公爵位は名誉称号なので領地はないが、辺境伯としての領地はある。王都からは遠くても住めば都。い、いや、牧畜が盛んで風光明媚《ふうこうめいび》、なかなかよいところだ。けっしてあなたに不自由な思いはさせないと誓う。一生大切にお守りするから、私と結婚してほしい」

一気呵成《いっきかせい》に言い切って、エーリクは軽く息を切らせた。

真剣そのものの面持ちを見返すうちに、じわじわと頬が熱くなる。

「で、でも、わたし……もう貴族じゃ、ないですし……」

「そんなことはどうでもいい。誰にも文句は言わせないし、言えるはずもない。無実の女性に罪を着せ、ろくな取り調べもなく牢獄に押し込めていたのだからな」

自信満々に言い切ったかと思うと、エーリクはハッと表情を変え、にわかに焦りだした。

「言っておくが、何も恩に着せるつもりであなたを救出したわけではないぞ。何卒《なにとぞ》そこは誤解なきよう」

「わ、わかっています！　とにかくお立ちになってください。王子殿下に跪かれては落ち着きません」

「いや、求婚は跪いてするものだ」

生真面目に言い切られ、ますます困惑してしまう。

「あまりに急なお話で……」

「それもそうだな。すまない、あなたを混乱させるつもりはなかった」

エーリクは椅子に座り直した。

そわそわと気まずい沈黙が続く。クラリサは赤面してうつむき、エーリクは目を泳がせ

て空咳《からせき》を繰り返すばかり。

意を決してクラリサは顔を上げた。

「あの。どうしてわたしを……その、お望みなのでしょう……？」

「もちろん、す……好きだからに決まっている」

凛々しい目許を赤らめながらエーリクはきっぱり言い切った。そうすると精悍な美丈夫が純真無垢《じゅんしんむく》な少年のように見え、ますますドキドキしてしまう。

「でも……ほんの一瞬お目にかかっただけですのに」

「充分だ。初めて遇《あ》ったときから、ずっと気になっていた」

衒《てら》いのない言葉に頰がカーッと熱くなる。

「先ほども言ったとおり、私が駆けつけたのはあなたをお救いしたい一心からであって、恩に着せて無理やり妻にしようと算段したわけではけっしてない。結婚するなら私を好いてほしいと思っている。強制された愛など虚《むな》しいだけだ」

強制された愛など虚しいだけ――。

まさしくそれはクラリサの実感だ。

王太子アードルフにクラリサはかけらも好意を持てなかった。彼との結婚がいやでたまらなかった。一生いたぶられるのは目に見えている。

だから婚約が破談になったと聞かされたときはホッとした。身に覚えのない濡《ぬ》れ衣《ぎぬ》でも、彼と結婚せずに済むということだけは嬉しかったのだ。

アードルフとは逆に、エーリクへの好意ならばとうに抱いている。ほとんど最初からと言ってもいい。彼は実の父にさえ見放されたクラリサを救おうと、頼まれもしないのに遠くの地から駆けつけてくれたのだ。

抱き上げられたときの力強い腕。実直な言葉。真摯なまなざし。秀麗な男らしい美貌に、均整の取れた頑健な体軀。好意を持つなというほうが難しいではないか……！

すでにクラリサはエーリクに強く惹《ひ》かれていた。男性に対してこれほど強い関心を抱いたのは初めてのことだ。

突然の求婚には驚いたが、とまどいよりも喜びのほうがずっと大きい。

それでも即座に承諾するのはためらわれた。エーリクはマグダレナ王国の第一王子。王太子は異母弟のアードルフだが、それに継ぐ継承権を彼は持っている。

貴族でなくなったクラリサは、第二王位継承権者であるエーリクにふさわしい身分とはいえない。

無罪放免されても父が絶縁を撤回してくれる望みは薄い。父は政治の実権を握る宰相にこびへつらい、おもねっているが、その宰相とエーリクは対立関係にあるのだ。

「……少し考えさせていただけないでしょうか」

おずおずと願い出ると、エーリクは謹厳な面持ちで頷いた。

「もちろんだ。つい気が急いてしまったが、本当はあなたが充分に回復した頃合いを見計らって切り出すつもりだった。余計な心労をかけて申し訳ない」

「いえ、そんなことは……。こちらこそ、はっきりしなくてすみません」

「その……時々見舞いに来てもいいだろうか」

「はい、もちろんです」

ホッとした笑みを浮かべたエーリクは、心なしか紅潮した面持ちできびきびと一礼して出ていった。

扉が閉まると、うやうやしく身をかがめていたナディーネが飛び上がるように駆け寄ってきた。

「もおお〜っ、お嬢様があまりにお鈍いので、わたしやきもきしてしまいましたわ！　どうしてすぐに承諾なさらなかったんですかっ」

「だって、あまりに突然で……びっくりしてしまったのよ」

「迷うことなどないでしょう！　これほど素晴らしいお話はありませんわ！　あんな素敵な殿方に求婚されたんですよ⁉　しかも一目惚《ひとめぼ》れ！」

「一目惚れとは仰ってないわ」

「ほんの一瞬遇っただけなんでしょう？　二年前に。それを一目惚れと言わずになんと言うんです⁉」

ナディーネは鼻息荒く拳を握った。

「こう申しては不敬ですけど、アードルフ殿下なんぞエーリク殿下の足元にも及びません。もともとわたしは豚に真珠だと思ってたんです。もちろんアードルフ殿下が豚で、お嬢様が真珠ですよ」

「ちょっと、ナディーネ！　言い過ぎよ」

ハラハラとクラリサは周囲を見回した。室内にはクラリサとナディーネしかいないが、仮にも王太子を豚呼ばわりしているのを誰かに聞かれてはまずい。

「とにかくわたしはエーリク殿下を強力に推させていただきます！　お嬢様だってエーリク殿下を素敵だとお思いでしょう？　思いますよね⁉」

「そ、それは確かに……思うけど……」

「なら迷うことなどありません！　エーリク殿下の奥方になって辺境へまいりましょう。もちろんわたしもお供します！」

目をキラキラさせて迫られ、クラリサはたじたじとなった。

「あ、あの、ナディーネ。わたし少し……疲れてきたみたい」

「はっ、わたしとしたことが！　お嬢様が病み上がりであることをすっかり失念しておりました。さ、お昼寝いたしましょう。お目覚めになったら何か滋養のあるものをお腹《なか》に入れましょうね」

「病み上がりというわけでは……」

「早く元気になってエーリク殿下に色好《いろよ》いお返事をなさってください。ああ、楽しみだわ～。お嬢様とエーリク殿下、とってもお似合いですもの～」

もはや決定事項であるかのようにうっとりと頬を紅潮させた侍女に、クラリサは有無を言わさずベッドに押し込まれたのだった。


毎日たっぷりと睡眠と栄養を取り、クラリサの体調はみるみる回復していった。

クラリサが滞在している続き部屋は、エーリクの王城での住居に割り当てられている翼棟の二階にある。ベランダからは庭園を見下ろすことができるが、まだ春も浅く、花はほとんど咲いていない。

少し身体を動かしたほうが回復が早まるだろうとエーリクに勧められ、クラリサはナディーネに付き添われて庭園を取り巻く回廊をそぞろ歩いた。

エーリクとは毎日顔を合わせ、話をしている。身体の具合はどうか、足りないものはないかと気遣い、気晴らしにと美しい彩色画の入った書物や、刺繍《ししゅう》道具、楽器などを差し入れてくれた。さらには贅沢《ぜいたく》なドレスまで……。

恐縮するクラリサに、『ものでで釣ろうというわけではない』と生真面目に彼は返した。

なんだかそれがおかしくて、思わずふふっと笑ってしまうと、エーリクはとても嬉しそうな顔になった。

どんどん彼に惹かれていく自分に、クラリサはとまどっていた。

好きになって悪いわけではない。はっきりと求婚されているのだし、彼はクラリサに好きになってもらいたいと望んでいる。

だが、彼への好意が増すにつれて、本当にいいのだろうかと迷いも大きくなった。

疑いは晴れても、国王を毒殺しようとした女という噂は長く残ることだろう。ましてや父に縁を切られて貴族身分を失った身だ。

辺境伯は普通の伯爵よりも地位が一段高い。悪い噂を引きずった自分が奥方になれば迷惑がかかるのでは……と不安がつのる。

エーリクが本気だからこそ、そして彼への思慕が日に日に増しているがゆえに、彼の不利になることはできないと考えてしまうのだ。

ナディーネにはクラリサの物思いがピンと来ないようで、そんなの杞憂《きゆう》ですよと笑われてしまった。

牢獄から出て一週間。求婚されてから四日。

そろそろ返事をしなければ……と思案しつつ回廊をぶらぶらしていると、主棟の方向からやってくる人影に気付いた。

先頭にいるのは豪華なドレスをまとった若い女性で、後ろに並んだふたりは女官だろう。長い円錐帽《エナン》は貴婦人の間ではとっくに廃れ、今では王族に仕える女官のしるしになっている。

昂然《こうぜん》と顎を反らした女性の顔を見定め、クラリサは青ざめた。

それは異母妹のペルジネットだったのだ。

傍らのナディーネもハッと息を呑《の》み、一瞬ためらったが身をかがめて後ろに下がる。

遭遇を回避するには遅すぎた。

ずんずん近づいてきたペルジネットは、手にした羽扇を口許に翳《かざ》してにんまりした。

「誰かと思えばお姉様。ああ、もうお姉様ではありませんでしたわねぇ。うちとはすでに縁もゆかりもない御方《おかた》。それにしても、いったいどんな手を使って脱獄したのやら」

「脱獄⁉」

憤慨するナディーネを制し、クラリサは毅然と応じた。

「無実とわかって解放されたのよ。疚《やま》しいことなどありません」

「それはどうかしら。エーリク王子に取り入って牢から出してもらったのでしょう？　田舎暮らしが長い野暮《やぼ》で武骨な王子を籠絡するくらいお手のものだろうと、みんな言ってましてよ？」

「どういう意味⁉」

「とぼけても無駄。あなたが夜な夜な屋敷を抜け出して、いかがわしい賭場や酒場で男を漁《あさ》っていたことは、みんな知ってるわ。ついにその悪評が国王陛下のお耳にまで届き、王太子殿下との婚約を破談にされそうになったので、陛下に毒を盛ったのよね？」

啞然として声も出ないクラリサに、ペルジネットはにぃっと朱唇を吊《つ》り上《あ》げた。

「それが今度はエーリク王子をたぶらかして無罪放免《ほうめん》ですもの。さすが希代の大悪女だと、みんな呆《あき》れるやら感心するやら……」

「……何……言ってるの……!?」

「あなたのような毒婦《どくふ》の居場所なんかないってことよ。王宮にも、王都にも。もちろん我が家にもね。本性が露顕《ろけん》したからには修道院も引き取ってはくれないでしょうねぇ」

残忍な嗤笑《ししよう》を浮かべながら、ペルジネットはクラリサのドレスをじろじろ眺めた。

「まったくたいした手管よね。こんな豪勢な衣装を貢がせるなんて。……醜男でも王族の辺境伯だから、お金は持っているのね」

悔しげな呟《つぶや》きに、ふと気付く。見覚えがあると思っていたが、ペルジネットが着ているのはクラリサのドレスだ。

屋敷に籠もってほとんど外出しなくてもクラリサには『王太子の婚約者』として毎月のように新しい衣装が与えられていた。月に一度は国王の招きで王城へ上がっていたからだ。

父の見栄《みえ》だとばかり思っていたが、継母がペルジネットへ与えるつもりで作らせていたのかもしれない。ふたりの背格好は似通っているし、ボディスで調整できる。

国王に拝謁できるドレスなのだから充分に豪華なのだが、それを身につけたペルジネットが羨むくらい、エーリクから贈られたドレスは素晴らしいものなのだった。

まさかクラリサがこれほど厚遇されているとは思わなかったのだろう。ペルジネットはますます攻撃的な目付きで異母姉を睨《ね》めつけた。

「牢から出られたからっていい気にならないことね。お父様が絶縁を取り消してくれると思ったら大間違いよ。あなたなんてもう必要ないの。王太子様とはわ、た、しが結婚するんだから」

鼻高々に高言し、ペルジネットは左手の薬指に嵌めた指輪を見せつけた。それはクラリサが牢に入れられたときに取り上げられた婚約指輪に違いない。

「結婚式は来月よ。わたしが十八になったらすぐに結婚するの。王太子妃になるのはわたし。あなたじゃなくて、このわたしよ！」

――そういうこと。

ふいに全てが腑に落ちた。

一年のはずだった婚約期間が二年に及んだ理由。

酔ったアードルフに襲われてショックを受けたクラリサが引きこもったからではない。

それをいいことに引き延ばされていたのだ。

ペルジネットが十八歳になるまで。おそらくは、継母が言葉巧みに父を説得して。父としては嫁ぐのがクラリサでなければならないという理由はなかった。ふたりの娘のうちどちらかが王太子妃となれば約定は果たされる。

正確に言えばペルジネットは庶出だが、その母であるフェルトザラートは今では正式な伯爵夫人だ。宰相の後押しがあれば文句をつける者などいないだろう。

継母は引きこもるクラリサを叱ったことはなかった。たまに父に注意されれば、かえってかばうようなことを口にした。

だがそれはクラリサをアードルフから遠ざけておき、その間に実子であるペルジネットを彼に近づけ取り入らせるためだったのだ。そうとも知らず、優しい人だと継母に感謝していた自分はどれほど世間知らずだったのだろう。

ペルジネットとも仲良くしようと努めた。母が生きているうちに生まれたからといって、彼女自身が悪いわけじゃないと自分に言い聞かせて。

「……そんなにわたしが憎かった？」

「当然でしょ。わたしだって伯爵の娘なのに相続権がないのよ⁉　弟に何かあればあなたは女伯爵になれるけど、あなたが死んでもわたしは爵位を継げない。不公平だわ！」

そんなことで……と言いたくなるのを、ぐっとこらえる。

ペルジネットにとって、それは『そんなこと』では全然なかったのだ。

声を荒らげたペルジネットは、後ろに控える女官の存在を思い出したらしく、気取った顔を取り繕った。

「もう済んだことよね。わたしは王太子妃になるのだし、あなたは伯爵家と縁を切られた。自業自得よ。あなたみたいなふしだらで淫奔《いんぽん》な女、伯爵令嬢にふさわしくないもの。いくら美人だろうが嫁の貰《もら》い手《て》が見つかるなんて思わないことね。せいぜい醜い悪魔公の愛人にでもしてもらいなさい。あなたごときにはそれがお似合いよ」

ホホホと癇走《かんばし》った哄笑《こうしょう》を上げると、ペルジネットはくるりと踵《きびす》を返した。

肩をそびやかすように立ち去る後ろ姿をぼんやり眺めていると、こらえきれなくなったナディーネが地団駄踏みながら罵り始めた。

「誰が醜男《ぶおとこ》ですって⁉　エーリク殿下は素晴らしい美男子なんだからっ」

「……ナディーネ」

「だってそうじゃないですかっ。見てくれだけのケダモノ王太子なんかより、ずっと、ずうっと、いい人だし！　すっごく佳《い》い男ですッ」

「そのことじゃなくて。わたしが毒婦だとかいう噂のことよ」

ウッ、とナディーネは詰まった。

「知ってるのね？」

静かに見据えられ、侍女はしぶしぶ頷いた。

「確かに以前から変な噂は流れてました」

「いつ頃から？」

「わたしが耳にしたのは半年くらい前……です。でもっ、根も葉もない嘘《うそ》っぱちばかりですよ！　馬鹿馬鹿しくてお話にもなりません」

それはペルジネットが得意げに語ったとおりの中傷話だった。

やんごとなき身分の妙齢の美女が、夜な夜な屋敷を抜け出し、盛り場に出没して男を漁っている。自分も声をかけられた、一晩過ごした、財布を盗《と》られた……等々。

無責任な尾ひれがつきまくり、好色で質の悪い妖婦《ようふ》の噂がいつのまにか貴族たちの間で持ちきりになっていた。

名前は出なかったが、引きこもりの貴族令嬢と言えば、誰もが真っ先に思い浮かべるのがクラリサだった。生まれながらに『世継ぎの花嫁』と定められた伯爵令嬢。それは貴族たちの誰もが知る有名な話だ。

修道院で十年過ごして出てきた途端、屋敷に引きこもってしまった謎の令嬢。

国王のお召しで月に一度だけ王宮を訪れるが、長居せずにさっさと帰ってしまう。他の貴族令嬢との付き合いもなく、人となりもよくわからない。

婚約式で見かけたという貴族や、王宮の使用人たちによれば大層美人だという。

そのうちに、件の妖婦を見かけたと称する者たちから、女はすらりとした体型で、美しい金髪と菫色の瞳をしていたという『情報』がつけ加わった。

するとまた、クラリサがまさしくそういう容姿だという『情報』が寄せられ……。いつのまにやら本人の与《あずか》り知らぬところで恥知らずの淫婦《いんぷ》と決めつけられていたのだった。

「そういえば……捕まる少し前から王宮に上がったときに女官から変な目付きで見られているような気がしていたわ。でもまさか、そんなひどい噂が流れていたなんて……」

「伯爵夫人とペルジネット様の仕業に違いありません！　王太子の婚約者という地位を奪おうとして、お嬢様を誹謗《ひぼう》中傷する噂を流したんですよ！」

ゆっくりとクラリサは頷いた。

たぶん……そうなのだろう。あのふたりにはクラリサに対する情など微塵もなかったのだから。クラリサは煩わしい目の上の瘤《こぶ》、排除すべき邪魔者にすぎなかった。

だとすると……国王に毒を盛ったのも……？

いや、あのふたりに王のワインに通風薬を入れられるだろうか？　どちらもそこまで王の近くへ行けたとは思えない。薬とワインの両方に難なく近づけるのは――。

クラリサの脳裏に、毒々しい緑色の蜥蜴が浮かんだ。

（アードルフ殿下も……関わっていたの……？）

クラリサとの婚約を破棄するため、そしてペルジネットと結婚するために。通風の治療薬を悪用し、クラリサに罪を着せた……？

宰相はそれを知っていて、王太子の犯行を隠匿《いんとく》しようとした。だからろくな取り調べも行なわず、エーリクが矛盾点を挙げて糾弾するとあっさり解放を認めたのではないか。

「お嬢様、お部屋に戻りましょう。お顔が真っ青ですわ」

ナディーネに促され、よろよろとクラリサは歩きだした。

確かにアードルフは嫌いだし、継母もペルジネットも好きではなかった。

だからといって、根も葉もない醜聞《しゅうぶん》を流して汚名を着せ、国王暗殺の犯人に仕立てるほど憎まれるなんて理不尽すぎる。

クラリサの心はひび割れ、虚《うつ》ろな瞳には涙さえ浮かばなかった。


「食事を摂《と》らないと聞いたが……何かあったのか？」

心配そうにエーリクに問われ、ベッドに伏していたクラリサはのろのろと身を起こした。

「つらいなら横になっていなさい。遠慮はいらない」

押しとどめようとするエーリクに物憂《ものう》くかぶりを振り、ナディーネに整えてもらった枕にもたれる。

「すみません。お見苦しい格好で」

「気にするな。それより何があった？　せっかく元気になってきたと思ったのに……」

「……今日、妹と出会ったんです」

「何？　ここへ訪ねてきたのか？」

「回廊を散歩していたら、偶然行き会って」

エーリクは眉をひそめた。

「変だな、こちらの翼棟《よくとう》には私の許可なく立ち入らないよう命じてあるのに」

「無理やり押し通ったに決まってますよ。『王太子の婚約者』だとひけらかして。これ見よがしに王宮女官まで従えちゃって」

ナディーネが腹立たしげに荒い鼻息をつく。

「すまなかった。二度とそのようなことがないよう警備を厳重にする。では、妹に何かいやなことを言われたのだな」

「……わたしについて、ひどい噂が流れていると聞きました」

「流れてるんじゃなくて、流されたんですよ、お嬢様！」

「ナディーネ」

「すみません！　でもわたし、腹が立って仕方なくて——」

「気持ちはわかる」

なだめるように、エーリクは涙ぐむ侍女に頷いてみせた。

「ただの流言だ。気にすることはない」

「……ご存じだったのですか？」

「まぁ、な。もちろん、埒《らち》もないあくどい噂だ。あなたがそのような人でないことは、ちゃんとわかっている」

きっぱりと断言され、じわりと瞳が潤んだ。

「でも、悪評が流れてしまったことは事実です。口にするのも忌まわしいことばかり。わたし、悔しくて……悲しくて……」

「ショックだろう。だが私はあなたを信じている。品性下劣な者が悪意の噂を流しただけであって、あなたに非はないのだ」

そっと手を取られ、クラリサは唇を震わせた。

「ありがとう……ございます……」

「クラリサどの。私とともに、クロイツァー領へ行かないか？　噂はそのうち消えるだろうが、わざわざ渦中に身を置いて耐えることはない。領地でゆっくり過ごそう。今は国境も安定しているから、心患《わずら》うことなくのんびりできるぞ」

「ご迷惑では、ありませんか……？」

「何が迷惑なものか！　あなたが一緒に来てくれれば、こんなに嬉しいことはない」

引き締まった頬を紅潮させ、エーリクは力説した。

ぎゅっと手を握られ、とまどいを圧して胸が熱くなる。

「本当に、よろしいのでしょうか」

「いいに決まっている。こんな酷《ひど》い噂が耳に入ったからにはなおさらだ。私はあなたをあらゆる危険や悪意から守ってさしあげたい。どうか私にあなたを守る名誉を与えてほしい」

「わたしはそのような貴婦人では、もうありませんわ……」

「あなたは私にとって唯一無二の尊い女性だ」

エーリクは真摯なまなざしで、じっとクラリサを見つめた。

「……では、お申し出をお受けいたします」

「私の妻になってくださるか？」

こくんと頷くと、エーリクは輝くような満面の笑みを浮かべた。それは大輪の花があでやかに咲き誇るかのようだった。清冽で凛々しい美貌にクラリサが見とれる一方で、エーリクもまた喜びに蒼い瞳をきらめかせじっと彼女を見つめていた。

ふたりの後ろで内心快哉《かいさい》を叫びながら、ナディーネはそっと目頭を押さえたのだった。


三日後。クラリサはエーリクとともに出発した。

エーリクはクラリサの体調を心配したが、なるべく早く王都を離れたかったのだ。

国王に拝謁することはできなかったが、『幸せに』との言葉をエーリクが伝えてくれた。

「陛下はあなたを疑ってなどいなかった。ただ、ずっと寝込んでおられたため、あなたが牢獄に入れられたことも知らずにいたのだ」

持ち直してからもひどい倦怠感《けんたいかん》に付きまとわれ、口をきくのも大儀な状態が続いていた。ことの次第をエーリクから初めて聞き、国王は形相を変えて激昂《げきこう》した。

その凄《すさ》まじさには、ふだん政治を恣《ほしいまま》にして憚《はばか》らない宰相さえたじろぎ、蒼白《そうはく》になってへどもどしたという。

アードルフとの婚約解消もすぐに元に戻すよう命じたが、アードルフがすでにペルジネットとの婚約を済ませ、来月挙式が決まっていること、そもそもクラリサはアードルフが好きではなく結婚は望んでいなかったことをエーリクが説明し、自分の妻に迎えたいと申し出ると、クラリサの承諾を条件に許された。

国王は誰が毒を盛ったかについては尋ねなかった。調査も打ち切らせ、体調を崩して寝込んでいたことにするよう命じた。

「……それでよろしいのですか？」

「陛下には何かお考えがあるらしい。毒を盛った犯人は、おそらく殺そうとまでは考えていなかったのではないか……と仰った。私もそう思う。そうであってほしいだけかもしれないが……」

エーリクは肩をすくめ、小さく嘆息した。

「犯人は自分の勝手な望みを叶《かな》えようとして、やりすぎたのだ。宰相は尻拭いに奔走し、あなたがそれに巻き込まれた。陛下は真相を知っていると匂わせることで、宰相と犯人の得手勝手を牽制《けんせい》するおつもりなのだろう」

「でも、心配です」

「信頼のおける部下を数名、側仕えとして配置した。全員腕が立つのはもちろん、医療知識を持ち、毒物にも詳しい。宰相は厭な顔をしたが、拒否できるわけがない。謂《い》わば今回の騒ぎは自分の監督不行き届きだからな」

エーリクが冷笑を浮かべると同時に居室の扉が敲《たた》かれ、ひとりの騎士が現われた。エーリクの側近で、名をカールと言う。

胸部と二の腕に鎖帷子《くさりかたびら》が縫いつけられた武装用の胴着《ダブレット》姿だが、襟元をゆるめてやや着崩している。彼は摑みどころのないへらりとした笑みを浮かべた。

「馬車の用意が整いましたよ」

「わかった。先に行っててくれ」

会釈してカールが立ち去ると、エーリクは微笑んで手を差し伸べた。

「では、行こうか」

クラリサは頷き、彼の手を取って立ち上がった。

彼の腕に手を添え、廊下に出る。後からしずしずとナディーネが続き、馬車が待機している出入り口へ向かった。

石畳の中庭に、簡易武装の騎士たちがそれぞれの馬に乗って整列している。

馬車は三台あるが、うち二台は荷馬車で、旅に必要な物品や武器・武具類の他、エーリクがクラリサのために王都で買《か》い揃《そろ》えた衣類や生活用品も満載されている。

クラリサと侍女が四頭立ての馬車に乗り込むと、エーリクは小姓が牽《ひ》いてきた馬にひらりと跨がった。

「出発だ！」

朗々たる号令に、おおっと騎士たちが呼応する。

ガタンと馬車が揺れ、ゆっくりと動き出した。クラリサは窓に垂らされた帳《とばり》の隙間から、王国旗のひるがえる高い城塔をそっと見上げた。

もう二度と、この光景を見ることはないかもしれない――。

感慨を覚えつつも不思議とさっぱりした気分でクラリサは馬車に揺られていた。

第二章　甘い蜜夜

城を出ると、まずはクラリサの母が眠る墓地へ向かった。

母の墓は綺麗に維持されていた。美しい花も手向けられている。墓守は代替わりしていたが、十年前の頼みごとをしっかり引き継いでくれていた。

新しい墓守の老人によれば、今でも毎年きちんと花代が届けられているという。

持ってくるのはあのときの少年の代理人らしいが、正体を一切明かさないので身元は謎のままだ。今度代理人が来たら感謝の意を伝えてくれるようクラリサは老人に頼んだ。

墓所の維持費用としてかなりの額をエーリクが出してくれて、恐縮してしまう。

王都にはさして思い入れもないけれど、母の墓参りだけは定期的にしたい。そう言うとエーリクは優しく頷いてくれた。

墓参を済ませ、いよいよ王都を離れる。天候にも恵まれ、順調に旅は続いた。

クロイツァー領と王都の距離は最低でも馬で五日。それをエーリクは馬を替えながら二日で駆け抜けたのだから凄《すご》いことだ。

城を出たときには五人の騎士が従っていたが、エーリクと一緒に王城入りしたのはカールだけ。残る四人も翌日には到着したものの、荷馬車を伴った後発隊が現われたのはさらに三日経《た》ってからだったという。

今クラリサが乗っている馬車はエーリクが王都で新たに購入し、乗り心地がよくなるよう座席などを改良させたものだ。六人乗りで空間に充分余裕があり、横になって休むこともできる。

主街道沿いは大体一定の間隔で城市《まち》があり、その中間に旅籠《はたご》もあるのだが、主街道を外れればところどころに農村が点在するくらいで泊まる場所がなくなる。

そうなると野宿するしかなく女性たちのために馬車を用意してくれたのだ。

クラリサもナディーネも乗馬はできるが、騎馬での長距離移動は危ないとエーリクとナディーネが揃って反対した。ふたりとも心配性ね……とクラリサは苦笑してしまった。

牢を出て十日、ゆっくり休んで栄養のある食事を取っていたのだからもう大丈夫なのに。

エーリクの過保護ぶりを目の当たりしたカールは、呆れ半分、感心半分に、『雛《ひな》を守る親鳥みたいだな』と呟いた。

街道の分岐点からクロイツァー領へ続く道に入ると、気晴らしにとエーリクは彼の馬に同乗させてくれた。漆黒の艶やかな毛並みの立派な軍馬は、ふだんクラリサが乗っている婦人用の乗用馬よりずっと背が高く見晴らしがいい。

遠く、まだ雪に覆われて真っ白な山脈を横手に眺めながら針葉樹の森と広々とした牧草地が広がる大地を進むのは、とても気持ちがよかった。

「寒くないか？」

背後から問われ、クラリサは肩ごしにエーリクを振り仰いでにっこりした。

「大丈夫です。殿下にいただいたマント、とっても暖かいですから」

クラリサがはおっている白いウールのマントは首回りや裾を白貂の毛皮で縁取り、内側にはウサギの毛皮が張られている。眩しげに目を細めたエーリクはかすかに顔を赤らめた。

「それはよかった。……しかし『殿下』というのはやめてもらえないだろうか」

「すみません！」

城を出て最初の休憩場所でそのように言われたのだが、どうもうっかりしてしまう。

「え……と。エーリク様、ですね。エーリク様、エーリク様」

念には念をと何度も繰り返す。彼はこらえかねたように小さく噴き出した。

「様もいらないぞ？」

「そうはいきません。まだ、お式も……挙げてませんし……」

含羞《はにか》んで口ごもると、エーリクはくすりと笑って、耳元で囁いた。

「では、式を挙げたら『様』は無しだな」

「つ、付けてはいけませんか？」

「他人行儀ではないか」

「そういうんじゃなくて……。大事な方なので、それを示したいのです」

「……俺が大事か」

王城を離れると彼は言葉づかいがちょっとぞんざいになった。堅苦しい雰囲気も薄れ、軛《くびき》を解かれたように顔つきも晴々としている。

そう口にすると、『王城は息苦しくて嫌いなんだ』と彼はニヤリとした。

そういう笑い方も新鮮で悪くない。

「もちろん、エーリク様はわたしにとって誰より大切な方です」

「それは嬉しいな」

彼は身をかがめ、後ろからクラリサのこめかみにそっと唇を寄せた。

「エ、エーリク様。いけません、ご家臣たちが見てます」

「俺の陰になっているからクラリサは見えない」

「そうではなく……っ」

ふたりのやりとりに、見えなくても聞こえるよ……とカールが胸焼けした気分になっていると、朋輩《ほうばい》が馬を寄せて囁いた。

「おい、殿は大丈夫か？　あんなにデレデレしてる殿なんて初めて見たぞ。てっきり女嫌いだと思ってたが、違ったか」

「殿が嫌いなのは、ねっとりと粘着質な女臭い女だ。絡みつかれるようで厭なんだと。あの奥方は全然違うだろ」

「確かに。清楚《せいそ》で透明感のある美人だもんな。うん、妖精のお姫様みたいだ」

「あれでは過保護になるのも当然かもしれん」

ひそひそと部下たちが囁きあうのをしっかり耳に入れ、エーリクは悦に入ったが、頑健な体軀に阻まれて軽口が聞こえなかったクラリサは手綱を握る男の手の大きさに無邪気に感心していたのだった。


「ふー。やっぱり馬車は揺れますねぇ」

休憩で隊列が止まると、馬車から降りたナディーネが身体を伸ばしながら顔をしかめた。

主街道は石畳だが、分岐を過ぎてしばらく行くと舗装のない砂利道になった。気遣ったエーリクが座席の詰め物を厚くしたり、クッションや毛皮を敷くなど工夫してくれたが、それでも車輪の振動が直に車体に伝わる構造だから、相当揺れる。

結局、時々馬車を降りて騎士たちの馬に交替で乗せてもらうことになった。

今回の隊列は騎士ばかりで馬も大型の軍馬だから、あまり技術のない女性がひとりで乗るのは困難なのだ。『ご婦人には親切に』が騎士のモットーゆえ、ナディーネも丁重に扱われてまんざらではない顔つきだ。

休憩地には当番の騎士が先回りして天幕を張り、お湯を沸かしていた。乾燥させた香草を煮出した茶を飲んだり、ビスケットなどの軽食を腹に入れたり、身体をほぐしたりしてくつろぐ。

クロイツァー領は王都よりも北にある。三月も末になって王都はすっかり春めいていたが、こちらはまだかなり空気がひんやりしている。

天幕の中でマントにくるまり、ナディーネが擦ってくれた生姜《しょうが》を入れて香草茶を飲んでいると、その辺を見回っていたエーリクが顔を出した。

「少し歩かないか？　疲れていなければ、だが」

「はい、大丈夫です」

頷いてクラリサは天幕を出た。

「この先の旅籠で一泊すれば、明日の昼過ぎには城に着く。もう少しの辛抱だ」

「辛抱なんて。とっても楽しいですわ。騎士の皆様は親切にしてくださるし、景色も素晴らしいし。わたし、北へ来るのは初めてなんです」

「そうか。ヴァイスハイト伯爵の領地は南のほうだったな」

「王都からだと南東方向ですね。といっても、わたしは領地の城で暮らしたことがないんです。王都生まれですし、七歳からは修道院でしたから」

「修道院は領地内だったのだろう？」

「はい。でも城からはけっこう離れていました。どんなお城なのかせめて見に行きたかったのですが、父に禁止されていたみたいで許されませんでした」

「何故だろうな？」

「さぁ……。うっかり行き遇いたくなかったのかもしれません。父と継母は時々城に滞在して猟を楽しんでいたようですから。継子《ままこ》に顔を出されては興ざめだったのでしょう」

エーリクは憮然《ぶぜん》と鼻を鳴らした。

「理解できんな。夫人はともかく、伯爵にとっては実の子だろうに」

曖昧にクラリサは微笑んだ。

血がつながっていても、きっと父にはクラリサが家族だという意識が薄かったのだ。母の生前から愛人のもとに入り浸り、同じような年頃の娘を設けていたのだから。

「俺たちは境遇が似ているようだ」

「そうでしょうか」

エーリクは病気になって七歳で母とともに離宮へ移ったと聞いた。王宮へ戻ることなく成人し、辺境伯となってさらに遠くへ追いやられた。母王妃は未だに離宮暮らしだ。

父王との仲はよくわからないが、異母弟と折り合いが悪いのであればその母親とも同様のはず。

クラリサの母は亡くなったがエーリクの母は健在だ。しかし父親とは疎遠で、義理の母やきょうだいとうまくいっていないという点では確かに似ている。

「……ああ、本当にそうですね。似た者同士、でしょうか」

なんだか急に親しみが増してふふっと笑うと、エーリクの指が頤《おとがい》にそっと触れた。

見上げると同時に彼が長身を屈《かが》め、あっと思ったときには唇が重なっていた。

さらりと乾いた、あたたかな感触に目を瞠《みは》る。

ゆっくりと身を起こした彼の涼やかな目許が、かすかに赤らんでいる。頬がにわかに熱くなり、クラリサは弾かれたようにぎゅっと両手で頬を押さえた。

「すまん。つい、気が急いた」

「い、いえ……」

たとえ婚約中でも公的に認められるのは手の甲へのキスだけだ。

もちろんそれが建前にすぎないことは、クラリサでも知っている。知ってはいても、まさか自分がそうなるとは思っていなかった。

ドキドキする胸を押さえてうつむいていると、焦ったようにエーリクが言い出した。

「そうだ。見せたいものがあったんだ」

彼はクラリサの手を引いて大股に歩きだした。

「な、なんですか？」

「確かこっちだった」

ずんずん進む彼に手を引かれ、小走りについていく。

「ここだ」

急にエーリクが立ち止まり、広い背中に鼻をぶつけそうになる。

当惑しながら彼の示す先に目を遣ったクラリサは、小さく歓声を上げた。

「まあ、スノードロップだわ」

大樹の根元に可憐《かれん》な白い花が咲いていた。緑の細い茎の先に、雫《しずく》型の花びらをつけた花がひとつずつ下向きについている。早春に咲くことから『春告草《はるつげぐさ》』とも呼ばれる。王都でも咲くが、今年は牢に入れられて見ることができなかった。

ふたりは並んで屈み、間近から花を眺めた。

「かわいいですね」

「あなたに似ているな」

「そうですか？」

「清潔感のある、ひっそりとしたたたずまいが上品だ」

「こ、光栄ですわ」

衒いもなく褒められて気恥ずかしくなってしまう。

「だがもううつむかなくていい。あなたは花と違って、自分の意志で顔を上げることができるのだから」

「……はい」

瞳を潤ませ、クラリサは頷いた。実直な言葉が、しみじみと胸にしみる。

手を取られて立ち上がったクラリサは、逞《たくま》しい胸にそっともたれた。

力強く、優しい腕があたたかく包み込んでくれる。

（わたし、エーリク様が好きなんだわ）

今はっきりとクラリサは自覚した。

好意は持っていたが、それは感謝の気持ちと渾然一体《こんぜんいったい》になっていて、どこか漠然としていた。だが、これは紛れもなく恋だ。胸がドキドキして、熱くなって。飛び跳ねたくなる高揚感と、ぎゅっと抱擁される幸福感が手をつないでくるくる踊っている。

やがて遠くから出発を促すカールの声が聞こえてきた。腕を組んで歩きだしながら、クラリサはスノードロップの群落を振り向いた。

うつむくのは、もうやめよう。

エーリクの凛としたまなざしの先にあるものを、自分も一緒に見たいから。

クラリサの唇には、今までとは異なる確かな笑みが浮かんでいた。

予定どおり、翌日の昼過ぎにはクロイツァー城砦の威容が見えてきた。

万年雪を頂く純白の峰々を背景に針葉樹の森と牧草地からなる雄大な丘陵地が広がり、その間に河が流れている。水量は多く、かなりの急流だ。裾野の町を見下ろす小高い岩山の上に、いくつもの塔と居館からなる堅牢《けんろう》な城砦が堂々とそびえ立っていた。

「すごい……！」

息を呑む絶景に、クラリサは溜め息を洩らした。

「なかなかいい眺めだろう？」

馬車に並んだエーリクが馬上から声をかける。

「はい！　素晴らしい景色ですね」

「城からの眺めはもっと凄いぞ」

エーリクは満足そうに笑うと馬の腹にかかとを当て、馬車の前に出た。

見晴らしのよい牧草地の道をしばらく進み、城へ続く枝道に入る。山頂の城までは木立に覆われた岩山に螺旋状《らせんじよう》の道がぐるりと造られていた。

防衛拠点である軍事要塞なので道幅は狭く、馬車がぎりぎり一台通れる幅しかない。かなりの急勾配で一方は切り立った崖だ。

クラリサは馬車の窓枠に摑まり、ドキドキしながら景色を眺めた。

やがて岩肌を取り巻く城壁と、落とし格子を備えた城門塔が見えてくる。城主の到着を知らせる角笛の音が響きわたった。

城門をくぐるとほぼ直角に曲がる上り坂の通路となり、しばらくして開けた広場に出た。山城のため城内は傾斜地ばかりだが、石積みをして平らな石畳の広場が作られている。

馬車から降りると周囲には厩舎《きゅうしゃ》や納屋が並んでいた。

そこから馬に乗り換えて細い傾斜路を上り、ふたたび落とし格子と出窓のついた城門塔をくぐって、やっと城の中心部に到着した。

歩哨《ほしょう》路付きの城壁に囲まれた内郭《ないかく》には、居館《パラス》や厨房《ちゅうぼう》などの建物、屋根付き歩廊を備えた分厚い盾壁、鍛冶場などが見て取れた。馬を繫《つな》ぐ柵や井戸もある。

最も高い建物は天守塔《ベルクフリート》で、紋章を描いた旗がひるがえっている。

居館の前には留守居の家臣や使用人たちがずらりと並んでいた。エーリクはクラリサを抱き下ろすと手を引いて居館の入り口へ向かった。

「お帰りなさいませ、我が君」

胸に手を当てて一礼したのは、ゆるい三つ編みにした金髪を前に垂らした端麗な面差しの騎士だった。年齢はエーリクと同じくらいだろうか。

「コンラート。何事もなかったか?」

「はい。問題ありません。平穏そのものです」

エーリクは頷き、クラリサの肩を抱き寄せた。

「彼はコンラート。俺が不在のときには城代を任せている。コンラート、彼女はこのたび妻に迎えたヴァイスハイト伯爵令嬢クラリサだ」

「初めまして」

「ようこそお越しくださいました、奥方様。家臣一同、心より歓迎いたします」

彼はクラリサが差し出した手をうやうやしく押しいただき、唇を寄せた。

「ありがとう。どうぞよろしくお願いします」

「それぞれの紹介は落ち着いてからにしよう。長旅で疲れているだろうからな」

「居室に食卓を整えておきました」

頷いたエーリクに促されてクラリサが歩きだした途端、どこからか尖《とが》った声が上がった。

「嘘ですよね!?」

クラリサは反射的にぎくっとした。伯爵令嬢と紹介されたことに、若干後ろめたさを感じていたのだ。居並ぶ騎士たちを掻き分けて現われたのは、まだ年若い少年だった。

いや、男装の少女だ。ダブレットに革製の胴鎧をつけ、剣帯からやや小さめの長剣を吊《つ》るした姿は騎士見習いのようだが、女性の騎士もいるのだろうか。

「おい、やめろよ」

十七、八の赤毛の少年が慌てて捕まえようとしたが、少女はその手を邪険に振り払って前に飛び出した。黒褐色のお下げ髪を胸元で弾ませ、黄色がかった薄茶色の瞳を炎のごとく燃え立たせている。

「結婚なんて嘘ですよね！」

睨むようにエーリクを見上げ、少女はふたたび叫んだ。

異議を唱えたのはクラリサの身分ではなく、立場についてらしい。

「嘘ではない」

咎《とが》めはせず、だが鬱陶《うっとう》しそうな顔つきでエーリクは応じた。

「俺はクラリサと結婚する。すでに国王陛下の許可も得た。式や祝宴の手配を整えるよう伝令したはずだが？」

「ご心配なく。滞りなく準備は進んでおりますゆえ」

コンラートが涼やかな声音で答える。

少女は悲憤に顔をゆがめて絶叫した。

「ひどいわ！　わたしと結婚するって言ったくせに」

クラリサが目を丸くすると同時にエーリクが怒鳴った。

「言ってない！　断じて言った覚えはないぞ！」

「言ったわよ！」

「――コンラート。俺はそのような戯《ざ》れ言《ごと》を口にしたか？」

「はて。聞き覚えありませんな」

「カール」

「あー。嬢ちゃんが『わたしエーリク様と結婚するのっ』と叫ぶのは何度も聞きましたね。

そりゃもう耳タコです」

居並ぶ騎士たちが、うんうんとまじめくさった顔で頷く。顔を真っ赤にしてぷるぷる震えていた少女は、『嘘つきーっ』と叫んでその場を駆けだしていった。

「おい！　待てよ、ローデリカ！」

赤毛の少年が慌てて後を追う。エーリクは腕組みしてフンと鼻息をついた。

「誰が嘘つきだ。失敬な。――俺は絶対言ってないからな」

「は、はい……」

気圧されてクラリサはこくこく頷いた。

「あの方は……？」

「ローデリカと言って親戚の娘だ。行儀見習いと称して押しかけて来たかと思えば、何を勘違いしたのやら騎士見習いを始めた、おかしな娘だ」

憮然とするエーリクに、コンラートがくっくっと喉を鳴らす。

「行儀を見習うべき貴婦人がここにはいませんでしたからねぇ。これからは奥方がお手本を示して正しく導いてくださいますよ」

「確かにそうだな。よろしく頼むぞ」

ひくりとクラリサは顔を引き攣《つ》らせた。七歳からの十年間を修道院で過ごし、この二年は引きこもりだった自分に貴婦人のお手本など示せるかどうか、はなはだ心もとない。

月に一度国王に拝謁していたから、宮廷作法は心得ているが……。

なんだか急に気が重くなってしまったが、エーリクに促されて気を取り直す。

居館の入り口は階段で上るようになっていた。一階には執務室や大小の広間、騎士たちの控室などがあり、地階は倉庫と貯蔵庫、牢獄などだ。

螺旋階段を上った居館の二階が領主とその家族の居住空間だ。三階は非常用の避難場所や武器庫になっているという。

城主の私室の一角、分厚い壁に穿《うが》たれた大きな壁龕《へきがん》の中に食卓が整えられていた。

開閉式のガラス扉が取り付けられた窓からは、城下を流れる河を見下ろすことができる。

居館のこちら側は遥《はる》か下まで垂直の壁と断崖絶壁で、攻め込まれる恐れがないため大きな窓が取れるのだ。

食事が済むと、クラリサは同じ二階にある客間へ案内された。結婚式を済ませるまでは寝起きは別にしなければならない。

晩餐《ばんさん》までゆっくり休むよう言って、エーリクは階下へ下りていった。

客間には寝室の他、暖炉を備えた居間や身支度用の小部屋、召使用の控室がついている。食事をしている間に荷物が運び込まれ、ナディーネが城の召使たちと一緒に整理していた。

少し休むから、その間に何か食べてくるよう勧め、シュミーズ姿になってベッドに入る。やはり疲れていたのだろう。たちまちクラリサは眠りに落ちたのだった。


結婚式は三日後に行なわれた。

居館に併設された礼拝室で、司祭は村の教会から呼んだ。

結婚式用の衣装は王都で仕立ててきたものだ。結婚を承諾してから出発するまでの数日で、請け負った仕立屋がお針子を総動員してどうにか間に合わせた。

他にも何着か注文し、後で届けてもらうことになっている。クラリサは遠慮したのだが、手持ちの衣装がほとんどないのも事実だ。

牢獄に入れられるまではけっこうな衣装持ちだったのに、すべて異母妹に横取りされ、縁を切られたため実家からは何も持ち出せなかった。

失わずにすんだのは『天使』にもらった銀のポマンダーだけだ。肌身離さず持ち歩いていなければ、それもペルジネットに奪われてしまったことだろう。

ドレスは真珠色の繻子《サテン》に葉薊《アカンサス》文様を織り出した錦織《ブロケード》。三角形に広がる大きな袖を折り返し、天鵞絨《びろうど》の装飾を施した下袖を覗かせるデザインだ。

台形のデコルテはレースで縁取られ、宝石が散りばめられている。

胸元を飾るブローチは黄金の台座に大粒のルビーが嵌《は》め込《こ》まれ、雫型の大粒真珠が三つぶら下がっていた。

二重のネックレスや腰から長く垂らしたベルトにも貴重な真珠が多用されている。

大切なポマンダーも重ねて着けた。美しい銀細工はいつも身につけ、折に触れてていねいに磨いているので艶やかな光沢を放っている。

髪は編み込み、ヘッドドレスをつけて後ろにベールを長く垂らした。

立たせたクラリサをあらゆる角度から点検して、ナディーネは満足そうに頷いた。

「完璧です」

手伝ったメイドたちも見とれながらうっとりと溜め息を洩らしている。

時間になると、先導役の騎士たちが現われた。

皆、揃いの青い胴着《ダブレット》に赤い脚衣《ショース》、折り返しのついた腿まであるブーツという格好で、全員が正騎士のしるしである金の拍車を付けている。

先頭に立つカールがうやうやしく挨拶した。いつも飄然《ひょうぜん》としている男だが、今日ばかりはさすがにキリッと顔を引き締めている。

クラリサはカールの腕に手を添え、ナディーネと騎士たちを従えて礼拝堂へ向かった。

居館《パラス》から礼拝堂への道筋には香草が撒《ま》かれていて、歩を進めるにつれてほんのり甘いマージョラムや、清涼感のあるローズマリーの香りが馥郁《ふくいく》と漂った。

素朴な造りの礼拝堂の前には、赤い胴着《ダブレット》と青い脚衣《ショース》の正騎士たちが一列に並び、その前に正装したエーリクが佇んでいた。

堂々としたその立ち姿にクラリサは見とれた。

彼は袖の広がった膝丈の礼装用チュニックに、幅広の黄金の帯を両肩から下げていた。チュニックは光沢のある深い緑色で、合わせた脚衣《ショース》は焦げ茶色だ。

黒いブーツは短めだがかかとには黄金の拍車がついていて、剣帯から吊るした長剣とともに騎士であることを表している。王族として白貂で縁取られた長いマントをはおってもよく似合っただろうが、このほうが彼らしい気がした。

彼は近づいてくるクラリサをじっと見つめていた。

「……綺麗だ」

感に堪えないといった声音で囁かれ、思わず頬が熱くなる。

エーリクの差し出した手を取るとカールは後ろに下がり、朋輩《ほうばい》たちと礼拝堂の入り口の左右に並んだ。

騎士たちが一糸乱れぬ動きで剣を抜き、胸の前で垂直に構える。

エーリクとクラリサが腕を組んで歩きだすと、次々に頭上で剣が交差し、その下をくぐって礼拝堂に入った。騎士たちも二列になって後に続く。

礼拝堂の中では式を執り行う司祭の他に立会人と思《おぼ》しき何人かの男性が待っていた。

司祭は灰銀の髪を短く刈り上げた長身痩軀《そうく》の老人で、頬の削《そ》げた顔立ちは一見厳しそうだが、緑がかった茶色の瞳は穏やかで人懐こい。

緋色の司祭服の上に明るい緑のマントをはおっている。

「それではこれより婚姻の儀式を執り行います。双方、異議はありませんか」

「ありません」

ふたりの声が重なる。頷いた司祭は視線を上げ、後方に控える人々に尋ねた。

「立会人の方々も異議はありませんか」

「ありません」

人々が異口同音に答え、クラリサはホッとした。本来ならば新婦側からも立会人を出さなくてはならないのだが、絶縁されている身では難しい。

エーリクはヴァイスハイト伯爵家にクラリサの容疑が晴れたことを伝えてくれたのだが、なんの反応もなかった。

身分も持参金もいらないと掻き口説《くど》かれてつい甘えてしまったけれど、彼に恥をかかせてしまうのでは……と不安だった。きちんと説明して理解を得たと言われていても、こうして承諾の言葉を聞いてようやく安堵できた。

司祭はふたりを跪かせ、神々へ結婚生活への加護を願う祈りを捧《ささ》げた。

祭壇に置かれた香炉から白い煙が立ち上っている。焚《た》かれているのはクラリサがポマンダーに入れているのと同じ乳香だ。

祈りが終わると用意されたふたつの金の指輪を香煙にさっとくぐらせる。まずエーリクがクラリサの左手の薬指に指輪を嵌め、ついでクラリサが彼の指に指輪を嵌めた。

互いの手を取り、そっと唇を重ねる。

「ここにふたりは夫婦として結ばれました。健康と幸福に恵まれますように。おめでとう」

にっこりと司祭が祝福の言葉を述べると、立会人たちから拍手が巻き起こった。

向き直って一礼し、礼拝堂の外に出る。

内郭には見習いを含めた騎士や、手の空いた使用人たちがふたりを迎えた。

笑顔で手を振りながら、ふたりは香草の撒かれた石畳をゆっくりと歩いて居館へ戻った。

その後、盛大な祝宴が大広間で開かれた。

音楽と会話を楽しみながら食事していると、ひとりの男性が挨拶してきた。風格のある壮年男性で、結婚式の立会人の中心にいた人物だ。

彼はエーリクと領地を接する男爵家の当主、ノルベルト・ヒルシュと名乗った。

「先日はうちの馬鹿娘が大変な失礼をしでかしたそうで。まことにもって申し訳ない」

「は……？」

「彼はローデリカの父親だ」

　エーリクに耳打ちされて思い出した。エーリクと結婚すると以前から言い張っていたという男装の美少女。確か赤毛の少年からローデリカと呼ばれていた。

　少年はオスカーという名で、エーリクのもとで修練を積んでいる従騎士だ。

「末娘で、つい甘やかしてしまったんですな。きつく叱っておきましたので、どうかご容赦ください」

「突然のことで、びっくりされたのでしょう」

「びっくりしたのはこっちだ。クラリサに誤解されるのではないかと冷や汗をかいたぞ」

「いや、すまんすまん。あの娘は子どもの頃からレナーテ様に憧れていてなぁ」

　聞き覚えのある名前にクラリサは首を傾《かし》げた。

「それはレナーテ王妃様のことですか？　エーリク様のお母様の」

「ああ。母はヒルシュ男爵家の出身なんだ。ノルベルトは母の従兄弟にあたる」

「そうだったんですか！」

　男爵令嬢だったということは知っていたが、まさかエーリクの預かる辺境伯領に接していたとは。

「国王陛下は一時、辺境伯を務めておられたのですよ。今のエーリク様と同様にね」

ノルベルトは悪戯っぽく片目をつぶってみせる。

驚いてエーリクを窺《うかが》うと、彼は面映《おもはゆ》げな面持ちで肩をすくめた。

「クロイツァー辺境伯は伝統的に王族が務めることになってるんだ。世継ぎ以外の王子の誰かが、ね」

「それじゃ国王陛下は……?」

「父上はもともと世継ぎではなかった」

「だからこそ、男爵の娘との結婚が特例的に認められたのですよ。本来なら王族の結婚相手になれるのは伯爵以上の爵位を持つ家系の出身者ですからな」

ノルベルトはニヤリとした。その不敵な笑みはどこかエーリクと共通点が感じられた。やはり親族ゆえだろうか。

「ヒルシュ男爵家はマグダレナ王国が成立する以前から続く豪族で、領地のみならず周辺にも大きな影響力を持っている。隣接する辺境伯領が実質的に王家の直轄地になっているのは、ヒルシュ一族を牽制し、監視するためだ。母上が他の男爵家の娘であれば結婚は認められなかったはずだ」

エーリクのあけすけな言葉にもノルベルトは顔色ひとつ変えず、涼しい顔だ。

「いつでも戻ってきていいとレナーテ様には伝えてあるんですが、その気はないようだ」

「……少しでも父上の近くにいたいんだよ」

渋い顔でエーリクは呟いた。鬱屈を察したノルベルトがさりげなく話題を変える。

「ともかくクロイツァー城砦に奥方が来られたのは実にめでたい。十年以上も女っ気なしでしたからなぁ。ローデリカが勘違いするのもむべなるかな」

「俺のせいだと?」

「そうは申しませんがね。エーリク様のような佳《よ》い男が独り身を託《かこ》っているのを見れば、女としては世話を焼きたくなるのでは」

「それこそ余計なお世話だ。大体俺は独身であることを愚痴った覚えなどないぞ」

「心に秘めた御方がいても、だんまりを決め込まれたらわからないじゃないですか」

交ぜっ返したノルベルトにウィンクされ、クラリサはどぎまぎした。

(心に秘めた御方って……わたしのこと?)

二年前から気にかけていたと、エーリク自身からも聞いてはいたが。

「いやぁ、まさかエーリク様のこんな貌《かお》が見られるとは思いもしませんでしたよ」

ワハハと豪快に笑ってノルベルトは彼の背をバンバン叩いた。エーリクは憮然としてされるがままになっている。母親の従兄弟ということは、エーリクにとっては叔父のようなもの、ノルベルトからすれば甥《おい》っ子《こ》のような存在だろうか。

ふたりの間に流れる気の置けない空気に、微笑ましい気持ちになる。

「ところで奥方様。まじめな話なんですが、うちの馬鹿娘、もう一度こちらへ預けさせていただけませんか？　今度は本当に行儀見習いとして」

「え？　ええ、わたしはかまいませんけど……」

ちらとエーリクを窺うと、彼は仕方ないなと言いたげに眉を上げた。

「ローデリカは家に戻ってるんだな？」

「ええ。勝手に戻るとは何事かと叱ったんですが、すっかり不貞腐《ふてくさ》れて。いや、根は悪い子じゃありません。末っ子で兄たちに甘やかされて少しばかり思い上がってたところに、憧れのエーリク様が王都から美しいお嫁様を連れ帰ったものだから、ショックを受けてるだけなんですよ」

ノルベルトは熱心に訴えた。

「うちでぐずぐずしてるより奥方の身近でお仕えしたほうが早く諦めがつくと思うんです。しかしあの跳ねっ返りでは嫁の貰い手があるかどうか……。親としては少しでも貴婦人らしい行儀作法を身につけてほしいわけですよ。どうでしょうね？」

「わたし、修道院暮らしが長かったものですから……きちんと教えられるか心もとないのですけど」

「大丈夫だ。クラリサの立ち居振る舞いはとても上品だと陛下が褒めておられた」

生真面目な顔でエーリクに言われてクラリサは頬を染めた。

「だったら願ったり叶ったりだ！　奥方様、ぜひよろしくお願いいたします」

「ご、ご期待に沿えるよう……努めます……」

いきなりのことで荷が重いが、どのみち使用人を采配したり、貴族の子女を預かって躾《しつ》けたりするのは奥方として当然の義務ではある。

ノルベルトが下がると、頃合いを見てクラリサは広間を後にした。


着替えと身繕いを済ませたクラリサは緊張の面持ちでベッドの端に腰掛けていた。

これまで過ごした客間ではなく、城主の私室である。結婚式を無事に済ませ、今夜からはエーリクと同じ部屋で寝起きするのだ。

わかっていたことでも、いざその時になるとひどく緊張する。

ふつうは結婚前に母親か親族の女性から夫婦生活の心得などを聞かされるものだが、クラリサには教えてくれる人がいなかった。

なんとなく漠然としたイメージはあるものの、うっかり想像するとアードルフ王太子に押し倒され、のしかかられた二年前の最悪の記憶がよみがえってくる。

これまでのように慌てて記憶に蓋をしようとして、クラリサはふと思《おも》い止《とど》まった。

(待って。もしもあれがエーリク様だったら……？)

いや、エーリクはあんな乱暴はしない。絶対しない。

いやいや、そうではなく！

（たとえば……たとえば、よ？　エーリク様の顔が近づいてきたとして……）

凛々しく男らしい、端正な面持ちが接近することを思い描くと、にわかに鼓動がばくばくし始める。カーッと赤くなり、クラリサは轟《とどろ》く胸を両手で押さえた。

「……厭ではない……わ」

呟いて目を閉じる。

スノードロップの群落のほとりでキスされたとき。うっとりするほど幸せで、夢見心地だった。実を言えば、何度も思い出してはドキドキしていた。

「大丈夫。エーリク様は優しい方だもの」

一度だって彼がクラリサに対して声を荒らげたことはない。怖い顔をしたことも、厭な目付きで見たことも。

こちらが恐縮してしまうくらいにいつも気遣い、何くれとなく心を砕いてくれた。響きのよいバリトンで武骨に話すのも、謹厳そうな面持ちでかすかに頬を染めたりするのも好ましい。

逆にエーリクの厭なところを挙げてみようとしても、思い当たることがない。

まだ付き合いが浅いというのもあるかもしれないが、アードルフの厭な点なら初めて会ったその日のうちにいくらでも挙げられただろう。

「……好きなのよ、ね。要するに」

「誰が？」

いきなり怪訝《けげん》そうな声がして、クラリサは飛び上がった。

扉に手をかけたエーリクが、気まずげな面持ちで立っている。

「も、も、もちろんエーリク様のことです！」

上擦った声で答えると、彼はホッとしたように苦笑した。

「よかった。誰か他に想《おも》い人でもいたのかと思ったぞ」

「い、いません、そんな人」

彼は軽く笑ってクラリサの隣に腰を下ろした。

そっと手を取られ、指を絡められてますますドキドキしてしまう。

エーリクの武人らしいがっしりとした手が、ことのほかクラリサは好きだった。すごく格好いい。指が長くて、節がしっかりしていて。固い剣だこも騎士らしくて素敵だ。

彼の指に自分とお揃いの指輪が嵌まっているのを見て、改めて嬉しくなった。

「……わたし、エーリク様の妻になったのですね」

「うん？　ああ、まぁ……な」

「違うのですか……？」

奥歯にものが挟まったような口調に、急に不安が込み上げる。

エーリクは慌ててかぶりを振った。

「式を挙げたのだからあなたは俺の妻だ。それは間違いない」

「よかった……。では、他に何か?」

「いや、その、なんだ。今夜は……アレだし、夫婦としての、なんというか、ち、契りをだな……」

しどろもどろの彼をぽかんと見上げたクラリサは、ハッと気付いて赤面した。

(初夜を済ませないと、本当の夫婦とは言えないのよね)

急に羞恥を覚えて下を向くと、エーリクは焦り気味に言葉を継いだ。

「無理強いはしない。そんな気分でないなら後回しにしよう」

「えっ?」

「ひどい目にあって体調を崩したし、長旅の疲れもまだ抜けていないだろう?」

「もう大丈夫です。すっかりよくなりました。充分に休ませていただきましたから」

「いや、それもあるが……あなたが怖がっているのではないかと思ってな」

「怖がってなどいません」

「そうか? なんだか浮かない顔をしているから、てっきり二年前の出来事を思い出して厭な気分になっているのかと」

「違います! そうではなく……そのぅ、しょ、初夜の心得、とか……っ。わたし、何も知らないものですから……」

　ぽかんとしたエーリクが、噴き出すように笑いだす。

「なんだ、そんなことか」

「そんなことって！　大事なことではないのですか？」

　いなされたように感じてちょっと睨んでしまう。

　エーリクはクラリサの大好きながっしりした手で、優しく髪を撫《な》でてくれた。

「侍女から聞いてないのか？」

「ナディーネは未婚です」

「そうだったな。まぁ、そんなに気張ることはないさ。俺としては、あなたが厭でなければ、それでいい」

「厭なわけありません。だって、エーリク様に……キスされたとき、とてもいい気分でしたもの……」

　エーリクは照れ交じりの嬉しそうな顔で、クラリサの肩をそっと抱いた。

「クラリサ。俺が……好きか？」

「はい。お慕いしています」

「俺もクラリサのことが好きだ。……ずっと好きだった」

　抱き寄せられ、唇をふさがれる。

鼓動が跳ね上がり、思わず彼のまとうガウンの襟をぎゅっと掴んでしまう。なだめるようにその手を撫でられ、クラリサの身体からこわばりが抜けていった。

ふわっと身体が浮いたかと思うと、ベッドに横たわっていた。

間近から蒼い瞳が見つめている。愛のこもったまなざしに胸が痛くなるほどの思慕が込み上げ、クラリサは瞳を潤ませて彼の頬を指先でたどった。

ふたたび唇が重なる。

情熱に突き動かされたようにむしゃぶりつかれ、驚きながらも懸命に応えた。

「んんっ」

息苦しさにゆるんだ歯列を割って、ぬるりと舌が入り込み、クラリサは目を白黒させた。なんだかすごく淫らなことをしているようで恥ずかしいが、けっして厭ではない。

厭でない以上はエーリクの好きにさせようとクラリサは決意した。彼が何をするつもりなのか興味もある。式を挙げたことで結婚は成立しているけれど、きちんと初夜を済ませて彼の本当の妻になりたかったのだ。

最初は息苦しくて窒息しそうだったが、角度を変えて何度もくちづけられるうちに、うまく息が継げるようになった。

窒息の恐れがなくなって安心したのか、猥《みだ》りがましいくちづけにクラリサは次第に昂奮《こうふん》を覚え始めた。舌を絡め、吸われるたびにぴちゃぴちゃと水音がする。

恥ずかしいのにそそられてしまい、エーリクの逞しい背中をうっとりと搔き抱《いだ》いた。

やがて彼が身を起こし、濡れた唇をぬぐって微笑んだ。ぞくっとするほど野性的な色香が漂い、陶然となる。

エーリクは無造作にガウンの合わせをはだけた。厚い胸板が覗き、彼がそれしか着ていなかったことに気付いて今更ながらどぎまぎしてしまう。

彼はクラリサのまとう夜着を裾から捲《まく》り上げると、有無を言わさず首から引き抜いて床に放った。

クラリサとて着ていたのはそれだけで、剝《む》き出《だ》しになった乳房を慌てて腕で隠すも、即座に引き剝がされて手首をリネンに押しつけられた。

「エ、エーリク様っ」

「隠すな。見せろ」

熱っぽい口調にクラリサは赤くなって横を向いた。

夫が見たがるのなら見せねばなるまい。見られて厭なわけではないけれど、まじまじと凝視されるのはやっぱり恥ずかしかった。

緊張のせいか乳首が勝手に尖ってしまい、ますます恥ずかしくなる。

上気した顔で唇を震わせていると、フッと彼は笑った。

「見られただけでこんなに尖らせて……。ひどく敏感なのだな」

「ひぁっ⁉」

　ぺろりと先端を舐《な》められ、クラリサは裏返った悲鳴を上げた。過敏な反応に気を良くして、エーリクが乳首を口に含む。

　じゅうっと吸われ、軽く歯を立てながら舌先で尖りの周囲をねろりと舐《な》め回される。

「ダ、ダメです、エーリク様」

「何がダメなのだ？　俺はあなたの夫だぞ？」

「そ、そうですけど。そんな……赤ちゃんみたいな……」

「赤子は乳を吸うだけだ。舐めたり噛んだりはしない」

「か、噛んじゃダメですっ」

「痛いか？」

　かしっと歯を立てられ、ぶるぶるとクラリサは首を振った。

「痛くは、ないですけど……」

「厭なのか？」

「厭ではありませんが……恥ずかしいです」

「我慢しろ」

「うぅ……」

　甘い命令口調に涙ぐんでしまう。

（なんだかエーリク様、急にいじわるになったみたい……）

それでも厭だと感じない。むしろ彼の知らない面をかいま見たようでドキドキした。

乳首をじっくり舐めしゃぶりながら、ふくらみに手を添えてやわやわと揉みしだかれる。最初はくすぐったい違和感しかなかったのに、いつのまにか心地よさを感じ始めている自分に気付いてとまどう。

エーリクの片手が脇腹を撫で、腿を摑んで押し上げた。ぴたりと合わさっていた陰唇が開かれ、すぅっと風が通るような感覚にクラリサは焦った。

ひどく濡れているような気がする。まさかとは思うが粗相をしてしまったのだろうか。

「あ、あの……っ」

「ご、ごめんなさい」

止める暇もなく彼の指が股のあいだでぬるりと滑るのがわかり、クラリサはうろたえた。

「何を謝る？　濡れるのは自然なことだ。でなければ夫のものを受け入れられない」

「そうなのですか」

よかった、とクラリサは安堵した。粗相してしまったわけではないらしい。

でも、『夫のもの』って何かしら……？

首を傾げた瞬間。

「――んんっ⁉」

襞《ひだ》に隠された肉粒を指先で撫でられ、強い刺激にビクッと身を縮める。反射的に腿を閉じようとしたが、すでにエーリクの身体に割り込まれていた。

「や……っ、エーリク様、それダメです！」

「どうして」

「どうしてって……。ゆ、指が汚れます」

「汚くなどない。もっとたくさん濡《ま》らさないと」

くちゅくちゅと音を立てて掻き混ぜられ、いたたまれない気分になる。それでいて小さな花芽を突《つ》つかれ撫でられるたび、お腹の奥が熱く、心地よくなってしまう。

「……ほ、本当に、汚くない……ですか？」

「そんなわけないだろう。よし、そんなに疑うなら証明する」

「疑ったわけでは……。ひっ⁉ やぁあっ」

ぐいと脚を開かれたかと思うと、股間から熱い刺激が沸き上がり、クラリサは甲高い悲鳴を上げた。こともあろうに腿のあいだに顔を埋めたエーリクが、大きく舌を出して根元から花芯を舐め上げたのだ。

「ひっ、あっ、あぁっ、ダ……ダメっ……」

焦って彼の頭を押しやろうとして、クラリサはきつく眉根を寄せた。彼の舌が蠢《うごめ》くたび、ぞくぞくする快感が込み上げる。

（あぁ、どうしよう。……気持ち、いい……！）

排泄《はいせつ》する場所を舐められて気持ちよくなるなんて……と泣きたくなったが、肉襞のあわいで舌をうねらせながら腿の内側を撫でさすられると、抵抗しようにも力が入らない。

気がつけばクラリサは口許を押さえながら身をくねらせ、すすり泣くように喘《あえ》いでいた。

下腹部にわだかまる熱がどんどん圧力を増し、きゅうきゅうとねじれるように激しく疼《うず》く。

「あ、ぁ、ぁんっ、んん――――！」

身体が硬直し、眼裏で火花がはじける。

つかのま意識が途切れ、気がつくとエーリクが心配そうに覗き込んでいた。

「大丈夫か？」

「今の……は……？」

「絶頂に達《たっ》したんだ。気持ちよかった……だろう？」

「は、い……」

クラリサは赤面しながらこくりと頷いた。

彼はホッとしたように微笑み、クラリサの唇をふさいだ。

ふたたび舌を絡め合わせながら、この舌が自分の秘処をねぶっていたのだと考えても嫌悪はなく、かえって背徳的な昂奮を覚えた。

甘やかすようなくちづけを繰り返し、エーリクは指先で転がすように花芽を撫ではじめた。クラリサのこぼした蜜と彼の唾液でたっぷりと濡れた媚蕾（とろ）は、刺激されるたびに蕩（とろ）けそうな快感を奥処《おく》へと伝えてくる。

「んっ、んっ、ふぅ……っあ……っ」

指が前後するにつれ淫蕩《いんとう》な水音が高くなっていく。エーリクは身を起こし、喘ぐクラリサの表情を熱っぽく見つめながらぐちゅぐちゅと秘処を掻き回した。

蜜しぶきが飛び散り、腿を濡らす。いつしかクラリサは指の動きに合わせて腰をくねらせ、のたうっていた。

「あっあっ、あぁっ、ダ……ダメ、また……来るッ……！」

無我夢中で口走り、クラリサはクッと顎を反らした。下腹部が痛いほどにきゅうきゅう疼く。追い立てられるままにクラリサは二度目の絶頂に達した。

ひくひくと痙攣《けいれん》する花芯を、エーリクが褒めるように撫で回す。付け根から先端へと撫《な》で上げられると、それだけでまた達しそうになり、クラリサは声もなく身悶えた。

「……いい子だ」

耳元で甘く囁かれ、クラリサは陶然と瞳を潤ませた。

濡れそぼった襞を押し広げ、指先がぬるりと蜜口を割る。そのままずぷずぷと花鞘の奥まで挿入された。

「ひッ……!?」

剝き出しになった喉元を、なだめるようにねっとりと舌が這《は》う。

「もう少しだ。……ほら、付け根まで入った」

深く挿入された指が蠢き、腹の奥からじんわりとした快感が湧き上がる。クラリサは肩をすぼめ、快感を掬《すく》い取ろうとするかのように無意識に腰を揺らした。

「痛くないか？」

「ん……」

茫洋《ぼうよう》と潤んだ瞳で頷くと、優しく額にキスされた。反射的にしがみつき、浮いた背を大きな掌で撫でられる。安堵にクラリサの身体からこわばりが抜けていった。

エーリクはクラリサの反応を見ながらゆっくりと指を前後させた。同時に敏感な花芽を摘まんで扱かれ、クラリサは他愛《たあい》もなく幾度も達してしまった。

下半身が蕩けたように力が入らず、くたりと横たわっていると、腰を摑まれ、エーリクの膝に引き上げられる。快感の涙で湿った睫毛《まつげ》を、クラリサは朦朧《もうろう》と瞬いた。

大きく膝を開かれ、わななく蜜口がぱくりと開かれる。そこに何か固くなめらかなものが押し当てられた。

「……？」

顔を上げると同時にエーリクはぐっと腰を押し進めた。指とは比べものにならない太棹が、蜜の滑りを借りて一気に押し入ってくる。

「いっ……!!」

脳天に釘《くぎ》を打ち込まれたかのような衝撃に、クラリサは悲鳴を上げた。だが抗《あらが》う暇もなく、ずぷぷっと肉杭が初襞を割り広げ、最奥に突き刺さる。

はぁっ、とエーリクが熱い吐息を洩らした。

「奥処《おく》まで挿入《はい》った。……すまない、痛かっただろう」

頬を撫で、濡れた目許や唇に、詫びるように何度もくちづけられる。

思わぬ衝撃に身体を縮めていたクラリサは、少しずつこわばりが解けるにつれて自分が何か太いもので貫かれていることを知った。

エーリクの逞しい体軀が密着し、今まで以上に彼の存在を間近に……いや、直に感じた。自分の内部で、直接に。

（……これが、『夫のもの』……？）

受け入れる、というのがどういうことなのか、やっとクラリサは理解した。

これが夫婦としての契りを結ぶ大切な行為だということも。

「すまない。最初はとても痛いらしいから、むしろ一気に破ったほうがいいかと思ったのだが」

「……死ぬかと……思いました」

吐息交じりに漸う呟くと、エーリクは申し訳なさそうに眉根を寄せた。

「ゆっくりしたほうがよかったか」

少し考え、クラリサはかぶりを振った。

「いいえ。それだともっと痛かったかも……。大丈夫です。あの、わたし、これで本当にエーリク様と夫婦になった……のですよね？」

「ああ」

「嬉しい！」

無邪気に喜ぶクラリサに、エーリクは眩しげに目を細めた。

「俺も嬉しい。あなたを妻にしたいとずっと願っていた。その夢がやっと叶ったんだ」

「それは……わたしがアードルフ殿下の許嫁《いいなずけ》だった頃から……ですか？」

「そうだ。俺はあなたに幸せになってほしかった。だから、奴《やつ》が心を入れ替えてあなたを大切にするなら身を引こう、だがもしそうでなければ……どんな手段を使っても奪うと決めていた」

強い決意を込めた告白に胸が熱くなる。自分の幸せを、ずっと願ってくれた人がいた――。そう思うと痺《しび》れるような幸福感と感動が深い場所から噴き上がってくる。

「わたし……エーリク様とでなければ幸せになれない気がします」

「クラリサ」

「だから、こうなってよかったんだって思えるんです。心から」

彼は理知的な蒼い瞳を潤ませ、うやうやしくクラリサにくちづけた。

「それは……何よりも嬉しい言葉だ」

ぎゅっと抱きしめあうと、身体だけでなく心もまたしっかりと繋がっている実感が生まれる。何度もくちづけを交わし、甘い瞳でエーリクは囁いた。

「痛みはどうだ？」

「もうそんなに」

「少し動いてもいいだろうか」

「はい。でも、あの。どうするのか、訊いてもいいですか……？」

愛《いと》おしげにエーリクは微笑んだ。

「あなたの胎に子種を注ぐ。そのためには先ほどのあなたのように俺も心地よくならねばならないのだよ」

なるほど、とクラリサは頷いた。跡取りを産むのは妻としての大切な務めだ。

「早くエーリク様のお子を授かりたいです」

「そう急《せ》くことはない。俺としては当分あなたを独占したいからな」

「わたしはエーリク様のものですわ」

「かわいいひとだ」

満足げに囁いて、エーリクはゆっくりと腰を揺らし始めた。

拓《ひら》かれたばかりの花筒を、怒張した肉棒が隙間なく埋めている。抱き合って甘い睦言《むつごと》を交わすうち、ぎちぎちに張りつめていた処女襞もその大きさになじんだようだ。

刺激されてふたたび蜜が滴りはじめ、抽挿がなめらかになっていく。じゅぷじゅぷと蜜の掻き混ぜられる音にクラリサは頬を染めた。

異物感はまだ強く、破瓜《はか》の痛みも残っていたが、口に出せばエーリクが行為をやめてしまいそうで厭だった。痛くても彼のもので貫かれ、突き上げられるのは心地よい。

愛する人の存在を内奥深く、直に感じられてたまらなく嬉しかったのだ。

やがてずんずん奥処《おく》に当たる感触の快美感にクラリサは恍惚《こうこつ》となった。

「は……あ……あん……んんっ」

半開きの濡れた唇から、たえまなく嬌声《きょうせい》が洩れる。焦点のぼやけた瞳は快楽で蕩け、何も見ていない。

エーリクはそんなクラリサの媚態《びたい》を食い入るように見つめながら猛然と腰を振った。

汗と蜜で濡れた肌がぶつかるたび、ぱちゅぱちゅと淫らな音が寝室に響く。

「クラリサ……。襞が絡みついてくる」

「わた、し……わから、な……っ」

力なく首を左右に振りながら、クラリサはすすり泣くように喘いだ。ただなすがまま揺さぶられているだけなのに。

目の奥で白い光がチカチカと瞬き、突き上げられるたび力なく身体が揺れる。すでにクラリサは幾度も絶頂に達し、わけがわからなくなっていた。

押し寄せる快感の波に攫《さら》われ、揉みくちゃにされているようだ。

ひくひくと戦慄《わなな》きながら、けなげな花襞は肉槍の猛攻に翻弄された。

次第にエーリクの呼吸が切迫し、刺突が単調になる。やがて彼は低く呻《うめ》き、ひときわ強く腰を叩きつけた。同時に熱い迸《ほとばし》りがクラリサの胎にびゅくびゅくと注ぎ込まれる。

彼は何度か腰を押しつけてすべての欲望を放出し、ゆっくりと身体を離した。

ずるりと雄茎が抜き出されると、破瓜の血と混じり合った白濁が会陰をとろとろと伝い落ちた。

エーリクは満ち足りた溜め息を洩らし、放心しているクラリサの傍らに横たわった。

「……あなたは俺のものだ」

執着をにじませる囁きに、甘美な陶酔を覚えながら頷く。

そう。わたしは彼のものだった。

ずっと前から、きっと……。

逞しい腕が、懐に閉じ込めるかのように抱き寄せる。

規則正しい心音に耳を傾けながら、クラリサは深い眠りへと滑り落ちていった。

第三章　祝宴の日々

翌朝。心地よいぬくもりのなかでクラリサは目覚めた。

朦朧と目を瞬き、吐息をつく。ふっと笑まれる気配に視線を上げると、肘をついて半身を起こしたエーリクが愛おしそうにクラリサを見つめていた。

昨夜のことを思い出し、どぎまぎと顔を赤らめる。

エーリクは微笑んで甘く囁いた。

「おはよう」

「お、おはようございます……」

彼はクラリサの髪を指に巻きつけ、唇を押しつけてにっこりした。

妙に艶めいた目付きにますます落ち着かなくなる。

「そ、そんなに見ないでください」

「どうして」

「どうしてって……恥ずかしいです」

「羞《は》じらうあなたも愛らしくて、ますます目が離せないな」

カーッと赤くなって彼に背を向ける。

エーリクはぴたりと身体を寄せ、なだめるように肩を撫でながら囁いた。

「かわいいひとだ」

昨夜も聞いた甘い囁き。はしたなくも腹奥がじゅんと疼いてしまう。

察したように彼の手が肩から脇腹をたどり、臀部《でんぶ》の丸みを撫でる。

それから前に回って乳房をやわやわと揉みほぐしたかと思うと、すっと腹部をひと撫でして淡い茂みにもぐり込んだ。

「……っ」

密《ひそ》やかに息づく花芯を探り当て、指先でくすぐるように転がされる。

たちまちぷっくりと張りつめた雌蕊《めしべ》の奥から新たな蜜がとろとろと滴り始めた。

「ん……」

鼻にかかった喘ぎがこぼれ、クラリサは慌てて掌を口許に押しつけた。

滑りがよくなった指が、くぷんと隘路《あいろ》に沈む。そのままぬぷぬぷと付け根まで挿入され、ゆっくりと蜜襞を撫でられた。

ぎゅっと目を閉じて刺激に耐えるクラリサの耳元でエーリクが尋ねた。

「痛くないか？」

こくこくと震えるように頷く。軽く媚壁を撫でられただけで淫らな声が洩れそうになり、クラリサはきつく唇を引き結んだ。

やがて慎重に指が抜き出され、ホッと安堵の息をつく。次の瞬間、蜜口にひたりと固いものが押し当てられたかと思うと、一気に剛直が滑り込んだ。

「くひ……っ」

反射的に目を見開く。逃げを打つ腰を掴まれ引き寄せられると、猛々《たけだけ》しい雄芯がぐりゅっと最奥部を穿った。

「……すまん。どうにもがまんできなくてな」

欲望にかすれた声音が耳朶《じだ》を食《は》み、ねろねろと舌で耳殻をたどられる。

「ひんッ」

濡れた睫毛をぎゅっと閉じ合わせ、クラリサは身悶えた。

ずくずくと背後から淫刀に突き上げられ、ほっそりした肢体が頼りなく揺れる。

「んっ、んっ、んんっ」

「声を出していいんだぞ？」

「〜〜っ」

甘い誘惑の声音に、涙ぐんでふるふるとかぶりを振る。

もう朝なのだ。こうしている瞬間にも召使が入ってくるかもしれない。

ベッドの帳《とばり》は下ろされているが、声を殺してもきっと物音で覚《さと》られてしまう。

エーリクは忍び笑うとさらに抽挿を大胆にした。先端近くまで引き抜いた太棹を一気に根元まで埋め、ごりごりと奥処《おく》を抉《えぐ》る。

たまらずにクラリサは絶頂してしまった。ひくひくと戦慄く花襞を、さらに猛《たけ》り勃った熱杭で責め苛《さいな》まれる。

クラリサが三度目の絶頂を迎えると同時に、エーリクは欲望を解き放った。

熱い飛沫《しぶき》がどくどくと注ぎ込まれる感覚を陶然と味わう。

たった一晩で身体が作り替えられたかのようだ。肉欲に無知だった身体は、早くも剛直で突き上げられ、欲望を注がれる快感を覚えてしまった。

それがひどく恥ずかしくて涙ぐんでいると、エーリクは無理強いして泣かせてしまったと思い込んだらしく、しきりと詫びては機嫌を取った。

本当のことはとても言えなくて、クラリサは身を縮めて甘やかされるままになっていた。

エーリクが先に身支度して出て行くと、ナディーネがやってきて身繕いを手伝ってくれた。

お湯を用意してもらって朝から贅沢に湯浴みをし、室内用のドレスに着替える。

やはり陰部には疼痛《とうつう》と違和感が残っていて動きづらい。

「大丈夫ですか？　奥方様。お部屋でお休みになっていたほうがいいのでは」

心配そうにナディーネに問われ、クラリサは慌てて笑顔になった。

「大丈夫よ。たいしたことないわ」

今日は城下の森で婚礼祝いの狩猟が行なわれることになっている。

男性陣が狩りをするあいだ女性たちは天幕でお喋《しゃべ》りしたり、音楽を聞いたりしながらのんびり過ごすのだ。

男性陣が狩りから戻ったら獲物をその場で捌《さば》き、野外での祝宴が行なわれる。

「もう支度にかかっているのでしょう？」

「ええ、皆さん張り切ってます」

「だったらなおさら欠席なんてできないわ。大丈夫、わたしたちは天幕で待っていればいいんですもの」

軽い朝食を済ませ、改めて外出着に着替える。

やがてエーリクが迎えに現われ、クラリサはナディーネを連れて出発した。

山の上にある城から、女性は馬車で、男性は騎馬で狩場の森へ向かう。

森ではすでに先発隊が天幕を張って一行の到着を待っていた。

城で飼われている猟犬たちは久々の狩りに昂奮しているようだ。狩りに参加するのはエーリクと側近の上級騎士たち、ヒルシュ男爵とふたりの息子、男爵家に仕える騎士たちだ。その中に、ひとりだけ少女が混じっている。ヒルシュ男爵の娘、ローデリカだ。以前見かけたときと同様に男装して腰には短剣をおび、弓と矢筒を背負っている。

ローデリカはクラリサの視線に気付くと、つんとそっぽを向いた。

クラリサに同行している男爵夫人が申し訳なさそうに謝る。

「どうしても狩りに参加すると言い張るものですから、仕方なく許したんですよ。奥方様のもとで行儀見習いをするという条件で」

ふっくらと温厚そうな男爵夫人は、頬に手を当てて溜め息をついた。

「ローデリカさんは弓が引けるのですね」

「どうぞお呼び捨てくださいませ。――ええ、我が家では弓矢の技は男女にかかわらず必須ですの。昔からの伝統ですわ。戦いが多かった時代は女が後方支援を担当していましたので、その名残です」

「奥様も？」

「はい。あまり巧《うま》くはありませんけれど」

ほほ、とやわらかく夫人は笑った。たぶん謙遜《けんそん》だろう。

「羨ましいわ……」

「でしたら奥方様も習われては？　狩りに出ないまでも、競技として的を狙うのも楽しゅうございますよ」

「そうですね、ぜひ」

そこへエーリクが狩猟用の馬でやって来て、下馬してクラリサの頬にキスした。

「我が花嫁のために立派な獲物を仕留《しと》めるぞ」

「期待してます」

「男爵夫人、妻の相手をよろしく頼みます。色々と教えてやってください」

「おまかせを」

角笛が鳴り、狩りの開始時刻が迫っていることを告げる。

エーリクはひらりと馬に跨がると、クラリサに笑いかけた。

「ではまた後で」

「お気をつけて」

騎士たちと狩りの開始地点へ向かうエーリクの後について歩きながら、男爵夫人が感に耐えない面持ちで呟いた。

「まさかエーリク様のあんな笑顔が見られるとは……。よほど奥方様がかわいいのね」

「えっ……」

思わず顔を赤らめると、男爵夫人は朗らかに笑った。

「いえね、わたくしどもはエーリク様がこちらへいらしたばかりの頃から存じ上げているものですから」

「確かエーリク様は成人されるとすぐ辺境伯になられたんですよね？」

「ええ、初めてお目にかかったときは十五歳で。それはもう大変な美少年なのに、にこりともされなくて。いつも仏頂面でしたわね」

「まぁ……」

「わたくしどもは親戚ですけれども、それでも打ち解けていただけるのに一年以上もかかりました。王宮で大層おつらいめに遭ってこられたのでしょう」

しみじみと夫人は呟いた。

エーリクと母后が離宮で病気療養しているあいだに二番目の王妃が王宮を仕切るようになった。やがて彼女は宰相の後押しで正妃に収まり、エーリクたちは快癒後も離宮暮らしを強いられたのだ。

角笛が高らかに鳴り、クラリサは我に返った。

エーリクとヒルシュ男爵を中心に騎士たちが並び、紅一点のローデリカは父親の隣でピンと背筋を伸ばしている。

その姿に改めて羨ましくなった。

彼女にはエーリクと並んで馬を飛ばせる伎倆《ぎりょう》がある。クラリサは普通に馬で移動する分には問題ないが、騎士のように跨がって全力疾走などはできない。

狩りに同行するには弓だけでなく乗馬も巧くならないと難しそうだ。

森の奥から角笛の音が聞こえてきた。獲物を追い込む勢子《せこ》の合図である。

エーリクが右手を上げ、振り下ろすと同時に高らかに角笛が響きわたった。一斉に猟犬が飛び出し、戦いのような鬨《とき》の声《こえ》を上げて騎士たちが我先に馬を駆り立て始める。

クラリサは男爵夫人とともにハンカチを振って見送った。

「さ、わたしたちはのんびり待つといたしましょう」

男爵夫人の言葉に頷いて引き返す。大きく開け放たれた天幕の中には長椅子やテーブルがほどよく配置されていた。

「お寒くはございませんか？　奥方様。こちらは王都よりだいぶ北ですから」

「ありがとう、大丈夫です」

まだ森は冬枯れているが、エーリクから贈られたマントのおかげでとてもあたたかい。

狩りの後には野外での祝宴が催されるため、大きな焚《た》き火《び》が今から準備されている。婦人用以外にも用途に応じていくつも天幕が立てられていた。

警護のために残った騎士たちがいるので安心だ。

その中には赤毛の少年騎士オスカーもいた。彼はヒルシュ男爵の甥《おい》だそうだ。小姓としてクロイツァー城に上がり、エーリクの元で修練を積んで従騎士になった。

しばらく歓談していると、ふと夫人が言い出した。

「そうそう、今日はなじみの商人も呼んでありますの。近くの城市《まち》に店を構えていてね。近くと言ってもここからだと馬車で半日はかかりますけどね。うちからならいくらか近いのだけど、近隣で町らしい町といえばそこくらいでねぇ。この辺には王都のように気の利いた店もありませんから、ご不自由されているかと思って」

そろそろ来るんじゃないかしら……と夫人が腰を浮かすと同時に、居残りの騎士がひとりやって来た。

「奥方様。ハルトリーゲルの商人が参りましたが。男爵夫人に呼ばれたと」

「ええ、そうなのよ。通してちょうだい」

頷いた騎士は、すぐにひとりの女性を伴って戻ってきた。

すらりと背が高く、堂々とした風采の女性だ。年齢は二十代半ばくらいだろうか。

腕を通す穴の開いたマントをはおり、筒袖のシンプルなドレスをまとっている。鍔《つば》のない、頭頂部が平らな帽子の中に髪をまとめていた。

ドレスの前に垂らした長いベルトの先には、大きめの巾着《オモニエール》がぶら下がっている。

「カサンドラ。よく来てくれたわ」

「ご無沙汰しております、奥様」

女商人は如才ない笑みを浮かべて慇懃《いんぎん》に腰を屈めた。

「紹介しますわ。彼女はハルトリーゲルのカサンドラ。この辺りでは一番の商人よ。頼めばなんでも手に入れてくれるの。食料品から武器、宝飾品に至るまで。カサンドラ、こちらはクラリサ様。クロイツァー辺境伯エーリク様の奥方様よ」

「初めてお目にかかります。このたびはご結婚おめでとうございます」

カサンドラは微笑んでうやうやしく頭を垂れた。

「ありがとう」

「奥方様はこちらへ来てまだ日が浅いと伺いましたが……」

「ええ、まだ一週間も経っていないの」

頷くと男爵夫人が言葉を添えた。

「これまでクロイツァー城は男所帯でしたからね。女性に必要なものが色々と足りないと思うのよ」

「さようでございますね。日用品を中心に、とのお申しつけでございましたので、今回は普段使いのお品物を中心に持って参りました。足りないものがあれば承って、後ほどお届けに上がります」

「それは助かるわね。奥方様、早速見せてもらいましょう」

クラリサが頷くと彼女は背後に合図した。店員と思しき男たちが幾つもの櫃《ひつ》を運んでくる。彼らを下がらせ、カサンドラは召使の少女とともに品物を手際よく並べていった。

その中にラベンダーや薔薇《ばら》を練り込んだオリーブ石鹸《せっけん》を見つけてクラリサは嬉しくなっ

た。いい匂いのする石鹸がとても好きなのだ。

買おうと思って、ふと思い出した。自分は無一文なのだった。貴族の結婚では当然の持参金を持っていない。

「どうしたの？」

「いえ……。旦那様の許可なく買ってもいいのかしら、と」

「何を言ってるの。石鹸のひとつやふたつで怒るわけないでしょ。エーリク様ってそんなに吝嗇《けち》だったかしら」

「そ、そういうわけでは」

「若いのにしっかりしてるわねぇ」

「さすが殿下のお選びになった奥方様ですわ」

男爵夫人が感心すると、カサンドラにまで如才なく褒められてしまい、クラリサは顔を赤らめた。

ふたりともクラリサに持参金がないことを知らない——というより想像だにしないだろう。王族でもあるエーリクの元へ空身で嫁いでくるなんて。

クラリサにはひたすら甘いエーリクのことだ。この場にあるものの中からひとつふたつ買ったところで怒ることは絶対にないとは思う。

わかっていてもなんだか気が咎めた。

しかし何も買わなければ、せっかく気を利かせて商人を呼んでくれた男爵夫人の好意を無にすることになる。

生活必需品ならいいわよね……と自分に言い訳して、クラリサはラベンダーの石鹸と、ローズマリーの化粧水、指貫《ゆびぬき》、針と糸を少し買った。

ものがたいのねぇと男爵夫人に感心顔でまた笑われてしまった。

請求書を家令あてに出してもらうのだが、あまり買い物したことがないので少し不安だ。

修道院では自給自足が基本で身を飾る品など買わなかったし、実家にいた頃は引きこもりということもあって、ナディーネに買ってきてもらったり、服飾品は継母から与えられるものをそのまま受け取っていた。

男爵夫人には指輪やブローチなどの小ぶりな宝飾品も勧められ、中には心惹かれるものもあったのだが、夫と一緒に選びたいので……と今回は遠慮した。

それでまた『仲がいいのね』と冷やかされてしまう。

カサンドラは結婚のお祝いにハーブ入りの蜂蜜酒《ミード》をくれた。さらに、狩りの後の祝宴用にとワインを一樽《たる》置いていった。

辞去するカサンドラを見送り、男爵夫人は言った。

「彼女、あの若さで店を切り盛りしてるのよ。しかも旦那が仕切ってた頃よりずっと大きくしたんだから大したものだわ」

「ご主人、亡くなったんですか？」

「暑い日に冷たい水をがぶ飲みして急死したの。しかも賭博で作った借金まみれで、一時は店の存続も危うかったのよ。それを二十歳そこそこの後妻だった彼女が奮闘して盛り返したの。今では城市《まち》一番の大店《おおだな》の女主人ってわけ」

「すごいわ」

二十代半ばにしてあの堂々たる物腰、さすがに背負っているものが違うのだな……と納得する。

二十七歳のエーリクの言動に重みがあるのも、王国防衛の要である辺境伯という重責を担っているゆえだろう。

それに比べ、同じ王族にもかかわらずアードルフは十九歳という年齢を鑑《かんが》みてもずいぶん浮わついている。

仮にも王太子なのだから何事ももう少し自重すべきなのでは……。

つらつら考えるうち、騒々しい犬の吠《ほ》え声《ごえ》が遠くから聞こえてきた。

「あら？　狩りが終わったみたいね」

カサンドラから購入したレースや飾りボタンを嬉しそうに眺めていた男爵夫人が、顔を上げた。帰還を告げる角笛も響いてくる。

「お出迎えしましょう。さてさて、どんな獲物が獲《と》れたのかしら」

うきうきと男爵夫人はクラリサの手をとって天幕を出た。やはり彼女も本当は娘のローデリカのように狩りに参加したかったのかもしれない。

意気揚々と戻ってくる一行の先頭にエーリクがいるのを見てクラリサはホッとした。

(よかった。お怪我《けが》もなさそう)

馬から降りたエーリクがクラリサの頬にキスをして、男爵夫人に会釈する。

「お帰りなさいませ。そのお顔だと首尾よくいったようですわね」

「自分の目で確かめてごらん」

後から来たヒルシュ男爵が、妻の手を取って背後を示す。勢子四人が担架で運んできた獲物にクラリサは目を丸くした。

それは立派な枝角を頂いた大きな牡鹿《おじか》だった。

「まぁ、すごい！　これは素晴らしいトロフィーになりますわね」

男爵夫人が歓声を上げる。婚礼の祝宴で仕留めた獲物は頭部を剝製《はくせい》にしたハンティングトロフィーとして広間の壁に飾るのだ。

「なかなかの獲物だろう？」

「はい！　こんな立派な牡鹿は初めて見ました」

感嘆の声に、エーリクが満足そうな笑顔になる。

「さぁ、これから宴の準備だ。下ごしらえは、ご婦人がたは見ないほうがいいな」

素直に頷いてクラリサは天幕へ戻った。男爵夫人は娘のローデリカを見つけて何やら話しかけている。

しばらくすると夫人はローデリカを連れて天幕へ戻ってきた。女ものの衣装に着替えさせるという。

どうして着替えなきゃいけないの、とローデリカは反抗したが、着替えないなら祝宴への参加を許さないわよと脅され、しぶしぶ従った。

男爵夫人は最初からそのつもりで、ちゃんと着替えを持ってきていたのだ。

ボディスがきつすぎると文句を垂れながら衝立《ついたて》の陰で着替え、出てきたローデリカを見てクラリサは目を瞠った。

「……かわいいわ。すごく素敵よ」

思ったまま口にすると、ローデリカは眉を吊り上げ、赤くなってぷいっとそっぽを向いた。男爵夫人が「これっ、失礼ですよ」と叱りつける。

「申し訳ございません、奥方様。末っ子で、家中のものが甘やかすものですから。本当お恥ずかしい。どうぞ厳しく躾《しつ》けてやってくださいませ」

母の言葉にローデリカはさらに眉を逆立てた。

「躾なんていらないわ。わたしは騎士になるんだからっ」

「女の騎士なんていませんんよ」

「だったらわたしが第一号になればいいのよ！」

「ああ言えばこう言う……」

はぁ、と眉間にしわを寄せて男爵夫人は溜め息をついた。

目を丸くして遣り取りを見ていたクラリサは、意地を張るローデリカに思い切って話しかけた。

「素敵だと思うわ、それ」

「は？」

「第一号の女性騎士よ。凄いことだわ」

「……な、なれればねっ」

「そうね。現状ではとても難しいことだと思う。それに、ローデリカは女性だから、どんなに剣が上手でも力では敵《かな》わないでしょう」

「鍛えればなんとかなるわよ！　わたし、毎日百回腹筋と腕立て伏せをやってるんだから」

「ローデリカ！」

男爵夫人が悲鳴を上げる。

「それはたぶん、男性の騎士たちも毎日やってることじゃないかしら」

「だったら二百回――」

むきになって言いつのる少女に、クラリサはかぶりを振った。

「そういうことじゃないの。ローデリカ、あなたは騎士になりたいと言うけれど、それは男性になりたいということなの？」

「べ、別に男になりたいわけじゃないけど……。男に負けてたら騎士になんかなれっこないでしょ!?　女は家でおとなしく刺繍でもしてろって言われちゃう！」

実際に何度も言われているのだろう。ローデリカの目に悲憤が宿った。

「あなた、刺繍はできる？」

「あんなちまちました作業、大っ嫌い」

ローデリカは腕組みして、プンとそっぽを向いた。男爵夫人が物悲しい溜め息をつく。

「できたらいいと思わない？」

「別に」

「あなたが素敵な刺繍を作って騎士仲間に見せたら、どうなるかしら」

「そりゃびっくりするでしょうよ……」

何を言いたいのかと不審げにローデリカは眉をひそめた。

「そうね。そしてあなたを尊敬すると思うわ。だって、貴婦人を敬愛するのが騎士道というものでしょう？」

「それはそうだけど……」

「『家でおとなしく刺繍でもしてろ』って言われて、『これ、わたしが刺繍したのよ』って素敵なハンカチを見せたら、きっとみんな欲しがるわ」

「……そうかしら？」

「そうですよ！　貴婦人が手ずから刺繍したハンカチをもらうのは騎士の誉れです！」

男爵夫人が力説する。

「でもわたし、エーリク様以外にハンカチなんかあげたくないわ」

「あんなヘタクソな刺繍の入ったものをさしあげられるの⁉」

母親に怒鳴られて、ローデリカはきまり悪そうに目を泳がせた。

クラリサは考えながらゆっくりと続けた。

「これはわたしの素人考えだけど……。貴婦人のマナーをきちんと身につけた上で、剣や騎馬の技術を磨いたほうが、女性騎士として認められる可能性が高いのではないかと思うの。ふつうの騎士だって、小姓から始めて礼儀作法を学ぶものでしょう？　マナーが身についていなければいくら強くたって騎士に叙任されることはない。だったらローデリカも貴婦人としてのマナーを身につけるべきじゃないかしら。騎士になるためにも、ね」

「……騎士になってもいいの？」

「言ったでしょう、素敵だって」

にっこりすると、ローデリカは絶句した。

「剣の稽古をしてもいい？」

「もちろん。わたし、弓矢を習いたいと思ってるの。教えてくれたら嬉しいわ」

ぱぁっとローデリカは目を輝かせた。

「じゃ、じゃあわたし、お返しにあなたから行儀作法を教えてもらうことにする」

「これっ、奥方様とお呼び！　クラリサ様は王子妃でもいらっしゃるのですよ!?」

「あ、はい。それじゃ、奥方様。その……よろしくお願いします」

ぎくしゃくと膝を折る娘に、男爵夫人は額を押さえて嘆息した。

「こちらこそ」

微笑むクラリサを、男爵夫人は尊敬のまなざしで眺めている。

思ったことを訥々《とつとつ》と言葉にしただけだが、理解してもらえたらしい。よかった、とクラリサはホッと安堵の吐息をついた。

男爵夫人も大いに安心したようだ。

三人で今後の予定など話し合っていると、宴の用意が整ったとエーリクが迎えに来た。

彼は男爵夫人の後から出てきたローデリカにふと目を留め、『誰かと思えば……』と意外そうに呟いた。

喜ぶべきか、腹を立てるべきか。むぅっと口を尖らせるローデリカは、やはりかわいい子だとクラリサは思った。

天幕で待っているあいだに焚き火の周りに宴席が用意されていた。白布をかけたテーブルの上に厨房係《ちゅうぼうがかり》が用意した料理が並び、焚き火では解体された鹿肉が炙《あぶ》られている。

　こうばしい匂いに食欲をそそられ、お腹が鳴りそうだ。

　野趣あふれる祝宴が始まった。ふだんの晩餐よりずっと早い時間だが、昼はとっくに過ぎている。

　メインの鹿の他にも雉《きじ》やウサギなどの小動物も仕留められ、明日行なわれる最後の祝宴に供されることになった。

　森で採った野草やハーブも添え、ワインで乾杯しながら美味しい炙り肉を堪能し、夕暮れが迫る頃、一行は賑《にぎ》やかに城への帰途についた。


「明日で婚礼の祝宴も最後か……」

　汗を流し、一息ついて早めに寝室に引き上げると、なんだかしみじみした口調でエーリクが呟いた。

「あっというまでしたね」

　並んで枕にもたれながらクラリサも頷く。

　明日の騎馬試合《トゥルネイ》を掉尾《ちょうび》に、結婚式から始まった三日間の婚礼の祝典が終わる。それから辺境伯夫人としての新生活が始まるのだ。

「……そういえば、お帰りを待っているあいだに買い物をしてしまいました」

「ん？　ああ、カサンドラだな」

気安い言い方に、何故か胸がちくっとする。

「どうせ待っているあいだは暇だから、気晴らしついでに呼んだと男爵夫人から聞いている。気に入ったものはあったか」

「ラヴェンダーの石鹸を買いました」

目を瞬き、エーリクは苦笑した。

「遠慮せず好きなものを買っていいのだぞ」

「石鹸は欲しかったのです、本当に」

「ならいいが。他には何を買った」

「指貫と、針と糸と……」

つらつら上げると、エーリクは笑ってクラリサの髪を撫でた。

「しっかりした奥方だ。ついでに宝飾品のひとつやふたつ買えばよかったのに。気に入ったものがなかったか」

「エーリク様と一緒に選びたくて……。そう言ったら、後日お城へ来てくれると」

「それはいい。似合うものをふたりでゆっくり選べる」

けっして下心があったわけではないが、エーリクと一緒に品定めするのは楽しそうだ。

「でも、もうたくさんいただいていますわ。それも素敵なものばかり」

「愛する妻を美しく着飾らせるのも夫の楽しみなのだよ。明日の騎馬試合《トゥルネイ》には領民たちも見物に集まる。ぜひおめかしして来てくれ。いいところを見せられるよう、俺もがんばる」

「エーリク様は、ずっといいところばかりでしたけど……？」

「そうか？」

くすぐったそうに笑って、エーリクはクラリサの肩を抱き寄せた。

甘いくちづけを幾度も交わし、彼の胸にもたれてクラリサは吐息を洩らした。

「……いいところを見せなければいけないのは、わたしのほうですよね」

「あなたは素晴らしい女性だと思うぞ？」

怪訝そうにエーリクが眉根を寄せる。クラリサはゆるりとかぶりを振った。

「天幕で男爵夫人やローデリカと話していて、すごくそう感じたんです」

「何か厭なことでも言われたのか」

「そんなことありません。ただ、おふたりともすごくしっかりしているなぁって。なんだか自分が情けなくなってしまったんです」

「男爵夫人とはそもそも年季が違うし、ローデリカは単に小生意気なだけだ」

すっぱり言い切られ、思わず苦笑してしまう。

「ローデリカはいい子ですよ？　騎士になりたいんですって」

「年頃になれば気が変わるさ」

「気が変わるのならいいですけど……。ただ諦めてほしくはないなって思うんです。『女の騎士なんていない』と男爵夫人に言われたら、彼女は言い返したんですよ。『だったらわたしが第一号になるわ』って。すごいですよね」

「確かに、いかにもローデリカが言いそうな科白《せりふ》だな」

うーん、と唸《うな》ってエーリクは顎を撫でた。

「応援したいってすごく思って。だから、第一号の女性騎士になるためにも、まずは貴婦人としての行儀作法を身につけましょうと提案したら、納得してくれました」

「なるほど。巧い説得の仕方だ」

「本気で言ったんですよ。夢を叶えてほしいですもの。わたしはローデリカと違って……逃げてばかりだったから」

「クラリサ？」

心配そうに顔を覗き込まれ、彼の胸に顔を伏せる。

「考えてみたら、わたしにあったのは『したくないこと』ばかり。修道院に行くのも厭だったし、アードルフ殿下との結婚も厭で仕方なかった。願いごとと言えば、一刻も早く死んで母の元に行きたいということだけ」

「……今でもそう思ってる？」

「いいえ」

クラリサは身を起こし、枕元に置いたポマンダーを手にとった。湯浴みと就寝時以外はずっと身につけているお守り――。

「母のお墓に寄ったときに言いましたけど、これは天使様がくださったんです。お墓の前で、今すぐ迎えに来てほしいと懸命に祈っていたら、とても美しい天使様が現われて……。ご自分では天使じゃないって言ってましたけど、わたしにはやっぱりそうとしか思えなくて。厭なことがあっても、この香りをかぐと落ち着きます」

クラリサはポマンダーを軽く唇にあて、枕元に戻した。

「……ローデリカと話していて改めて思ったんです。わたしには、あんなふうに積極的にやりたいことが何もないんだなぁって。そう思ったら情けなくて」

「俺との結婚も？」

「え？」

「俺との結婚も、したくなかった？」

からかうように問われ、真っ赤になってクラリサはぶるぶるとかぶりを振った。

「そんなことありませんっ、エーリク様とは結婚……したかったです！」

「よかった」

なだめるようにぽんぽんと背中を撫で、エーリクは笑った。

「エーリク様のことは……好き、です」

「うん」

「求婚をお受けしたのは、エーリク様のお側にいたいと思ったからで……」

「疑ってるわけじゃない。ただ、あなたの『天使様』に少し妬《や》けてしまってね」

思いがけない言葉にぽかんと見上げると、彼はクラリサに接吻《せっぷん》して甘く囁いた。

「これからは、つらいことや厭なことがあったら『天使様』ではなく俺に頼ってほしい。俺はあなたの夫なのだから」

「も、もちろんです」

誘惑するような声音にどぎまぎしながら、こくこく頷く。

エーリクは満足げににっこりしてクラリサを優しく組み敷いた。

夜着を脱がされながら焦って尋ねる。

「あ、あの、エーリク様。明日は騎馬試合《トゥルネイ》でしょう？　お休みになったほうがよろしいのでは」

「式を挙げてから三夜続けて愛を営むのも儀礼のうちだ」

「そ、そうなのですか？」

「もちろん。明日の騎馬試合《トゥルネイ》も儀礼的なものだ。……もとより手を抜くつもりはないが」

低く笑ってエーリクが覆《おお》い被《かぶ》さってくる。

胸をまさぐられながらクラリサはおずおずと逞しい背中に腕を回した。

期待する気持ちが確かにあることを自覚して顔を赤らめる。

破瓜されたときの痛みさえ、思い返せば甘やかな記憶となってよみがえる。

今朝の行為も、朝からこんなことしていいのかという後ろめたさに煽《あお》られたのか、何度も達してしまった。

「あ、あの、エーリク様。わたし……おかしくないですか？」

「何が？」

乳房を揉みしだきながら先端を舐めしゃぶっていたエーリクが訝しげに顔を上げる。

「何って、その……。か、感じすぎて、いるのでは……ないかと……」

消え入りそうな声で呟くと目を丸くしたエーリクが軽く噴き出した。

「や、やっぱりおかしいんですね⁉」

「そうではない。あなたがあまりにかわいいことを言うからだ」

くっくっと喉を鳴らし、エーリクは涙目のクラリサをなだめた。

「素直に感じてくれたほうが俺は嬉しいぞ？」

「でも、わたしばかり、達してるみたいだし……」

「男と女は身体の造りが違う。女性は心地よければ何度でも極めることができるんだ。あなたを恍惚に導くたび、俺は満足を覚える。だから、素直に感じるまま達してくれれば俺も嬉しいのだよ」

ホッとしてクラリサは頷いた。自分を絶頂させることでエーリクが悦《よろこ》んでくれるなら何も不安がることはない。

思うさま乳房をもてあそぶと、エーリクはクラリサの脚を大きく開かせて膝の上に引き上げた。とろとろと蜜をこぼす花弁に、ひたりと屹立《きつりつ》が押し当てられる。

クラリサは何気なく視線を向け、ぎくりと身をすくめた。

怒張しきった太棹が今しも隘路へもぐり込もうとしている。

(これが『夫のもの』……?)

その長大さはすでに体感していても、こうして実見すると想像を遥かに上回る凶猛さに眩暈《めまい》を覚えた。

クラリサの驚嘆をよそに、雄茎は柔軟な蜜鞘にずぷずぷと押し入ってくる。

「んっ……！」

腹奥がぞわっとするような充溢感《じゅういつ》に、クラリサは濡れた睫毛をぎゅっと閉じ合わせた。

(あれが……入ってくる……っ)

ずんっ、と重だるい衝撃に目の前がチカチカと瞬いた。軽く絶頂してしまったらしい。

瞳を潤ませて吐息を洩らすと、ごりりと抉るようにさらなる深みを突き上げられる。

「ひぅっ」

「感じているのか？」

甘い責め口調に、こくこくとクラリサは頷いた。

エーリクは満足そうに笑ってずんずん腰を打ちつけた。

「はぁっ、あんっ、んん」

極太の肉棒で隘路を擦り上げられるたび、淫らな嬌声が唇からこぼれた。

掻き出された蜜が結合部からとろとろと滴り落ち、また奥処《おく》から新たな蜜が噴き出して掻き混ぜられる。

腰を持ち上げられ、膝立ちになったエーリクが花襞のあわいに剛直を突き入れる様を、クラリサは恍惚と見上げた。

こうしていても不思議でたまらない。あんなに太いものをねじ込まれたら身体が裂けてしまいそうなのに。

（あ……、また……っ）

絶頂の予感に、くっと顎を反らす。

びくっ、びくんと悶《もだ》えるクラリサを欲望の瞳で見下ろし、エーリクは呟いた。

「いやらしく絡みついてくる……。我が妻は覚えがいいな」

彼は結合を解かぬままクラリサの身体を抱き上げて胡座《あぐら》をかいた。

彼の膝にぺたりと座り込む格好になり、ごりりと深奥を抉られる感覚に快感の涙が噴きこぼれる。

「ん……」

唇をふさがれ、舌を絡めてじゅっと吸われる。

無我夢中でしがみつき、クラリサは淫猥《いんわい》なくちづけに応えた。

そのあいだもエーリクは小刻みに腰を動かし、クラリサの官能をさらに引き出そうとする。

そうしながら乳房を押し回すように揉まれ、ぷくりと腫れた刺を指先でくりくりと転がされて、四方八方から押し寄せる快楽の波に溺れてわけがわからなくなった。

何度達したのか、もはや数えることもできない。

快楽を知り初《そ》めてまもないクラリサには、くちづけられながら抽挿され、乳房を揉まれるのは嵐に巻き込まれたも同然で、ただただ身を任せる以外にすべはなかった。

ひっきりなしに絶頂を極めながら、クラリサはいつ彼が到達し、精を注いだのかもわからないまま意識を手放したのだった。

翌日、目覚めるとエーリクの姿はなかった。起こしに来たナディーネが言うには、準備のため早めに出かけたそうだ。

甲冑《かっちゅう》を着るのにも時間がかかる。長槍《ランス》を構えての突撃は危険だから、馬も人も重装備なのだ。

今回は婚礼の祝典の一環ではあるが、昨夜エーリクも言っていたとおり、たとえお祭り事とわかっていても騎士としては手も気も抜けないのだろう。

クラリサは蜂蜜酒《ミード》に浸したパンで朝食を済ませ、ドレスに着替えた。エーリクから贈られた中でもとりわけ華やかなものを選び、装飾品にも気を遣う。

ドレスは縁にレースをあしらった立ち襟で、刺繍をほどこしたサテン地のアンダードレスにダマスク織りの豪華なオーバードレスを重ね、宝石と真珠の長いベルトを前に垂らす。ナディーネがていねいに編み込んでくれた髪はまとめて大きめのヘッドドレスをつけ、後ろには長いベールをつけた。

用意が整うと、城の警備兵の護衛で馬車に乗って試合会場へ向かう。ふだんは練兵場として使われている、城下の広い草地が今回の舞台だ。

すでに色とりどりの天幕が張られ、見物席や柵なども設置されている。

柵の周囲には早くも見物客が詰めかけていた。娯楽の少ない田舎では、騎士でなくとも騎馬試合《トゥルネイ》は楽しみなのだ。

結婚式や昨日の狩りは領民たちには公開されていないので、彼らは初めて目にする奥方に興味津々だった。

馬車の周りに集まってきて、お祝いの言葉を次々にかけてくる領民たちに微笑んで手を振り、用意してきたお菓子やパンを侍女たちに配らせる。皆大喜びで受け取った。

エーリクの天幕に案内されると彼はすでに甲冑姿で部下と打ち合わせをしていた。

身につけているのは槍試合用の特別な甲冑で、実戦用の甲冑よりも一回り大きく、装甲も厚い。

右の脇腹には槍乗せ《ランスレット》、左胸には盾《タージュ》が取り付けられている。籠手《ガントレット》が左手だけなのは右手は槍の鍔と鞍《くら》で守られるからだ。

「重そう……」

思わず呟くと、こともなげにエーリクは笑った。

「確かに重いな。上半身だけで、実戦用の全身甲冑の一・五倍はある」

「安全確保のためでしてね」

いつものへらりとした口調でカールが言う。

彼もまた相当重そうな甲冑をつけている。ふたりとも重いと言いつつ動作が普段と変わらないのは日頃の鍛練の賜物《たまもの》だろう。

台の上に置かれている兜《ヘルム》は、すでに実戦では使われなくなった樽型で、頭頂部に個人が識別できるよう大きな装飾がついている。

「あの、これ……」

自ら刺繍を施した大判のハンカチをおずおず差し出すと、エーリクは嬉しそうな笑顔になった。

「結んでくれるか？」

右腕を示され、肘の上に解けないようしっかりと結びつける。

「ありがとう、嬉しいよ。これでますます負けられない」

「結婚祝いとはいえ手は抜かないと男爵が言ってましたよ」

「当然だ」

カールの軽口に、エーリクは峻厳《しゅんげん》な面持ちで頷いた。

「どうかお気をつけて」

「ああ、わかってる」

彼の頰にそっとくちづけて、クラリサは天幕を出た。

普段の訓練では騎士や歩兵の動きを見るための高台は、今日は背もたれつきの椅子を並べて観覧席となっている。

観客はクラリサと男爵夫人、ローデリカの女性三人の他に、現役を引退したヒルシュ一族の老騎士数名だ。

他に給仕などのため小姓や侍女たちが後ろに控えている。

クラリサの到着が一番最後で、皆立ち上がって出迎えた。

真ん中の椅子に腰を下ろし、両脇に男爵夫人とローデリカが座る。

ローデリカはかわいいドレスに身を包みながら、わくわくした顔つきで手すりを摑み、身を乗り出している。

「騎馬試合《トゥルネイ》にも出てみたい？」

「もちろん！」

まさかそこまではと思いつつ尋ねてみると、打てば響くように返された。

「絶対ダメですっ」

こめかみに青筋をたてて男爵夫人が怒鳴る。

「おまえなど吹き飛ばされて終わりですよ。落馬で大怪我《おおけが》することもあるんですからね。死ぬ人だって。——ああ、エーリク様なら心配ありませんわ、奥方様。武芸の鍛練のため定期的に騎馬試合《トゥルネイ》を行なっておりますが、エーリク様が落馬されたことは一度もございません」

「ここ数年連戦連勝、負けなしなのよ。最後にエーリク様を負かしたのは、わたしのお父様」

自慢げにローデリカが言う。

「どちらもお強いのね」

「もう何年も前のことですわ」

「当然」

ふふんと顎を反らす娘を男爵夫人がたしなめるように軽く睨んだ。

騎馬試合《トゥルネイ》には団体戦《メレー》、個人戦《ジョスト》の他に徒歩戦もある。今日は人数も少なめなので、行なわれるのは個人戦と模範試合を兼ねた徒歩戦だ。

しばらくすると喇叭《らっぱ》が大会の始まりを告げた。

式部官が名前を読み上げ、馬に乗った騎士がふたり並んで現われる。

槍試合用の兜は細い監視孔が開いているだけなので、どちらがどちらなのかわからない。

男爵夫人が兜の飾りを指して教えてくれた。

ふたりの騎士は貴賓席の真正面に来てクラリサと男爵夫人に挨拶すると、障壁に沿って別々の方向へ歩きだした。

障壁の端まで来ると向かい合い、式武官の号令に備える。

「いざ、参りませい！」

大音声の号令と共に、鮮やかな色彩の馬衣をなびかせて双方の馬が走り出した。騎士は前かがみになって突進し、互いの盾を狙う。

槍には穂先がなく、花びら状に開いているから突き刺さりはしないが、もろにくらえば相当な衝撃だ。

槍が破損することもあり、飛び散ったかけらが目に入るのを避けるため、突く直前に顔を上げて監視孔をふさぐ。

一撃目はふたりとも持ちこたえ、二撃目で男爵家の騎士が落馬した。

ああっ、と悔しそうに男爵夫人とローデリカが声を上げた。

三撃目ではクロイツァー城の騎士が落馬し、引き分けとなった。

武芸大会であれば徒歩戦を行なって勝敗を決するが、今回は婚礼祝典の一環なのでそこまではしない。

勝負は拮抗《きっこう》しながら続き、いよいよエーリクの出番が来た。相手はヒルシュ男爵の跡取りである長男だ。

大歓声の中、悠々とふたりが登場した。

磨き抜かれた銀の甲冑が陽光に眩《まばゆ》く輝く。ふたりの兜にはそれぞれ家紋の一部が装飾として取り付けられていた。エーリクは獅子、ヒルシュ家は鹿の角だ。

貴賓席の前でふたりが挨拶する。エーリクの右腕に自分のハンカチが結ばれているのを見て、クラリサは胸が熱くなった。

試合が始まる。走り出した馬はたちまち加速して、全力疾走で槍が交錯した。ふたりとも大きく身体を揺らしたものの、落馬はしなかった。

二撃目。エーリクの槍が相手の盾に当たって折れた。破片が散らばり、おおっと観客がどよめく。

男爵の長男はかろうじて落馬を免れ、男爵夫人とローデリカがホッと安堵の吐息を洩らした。

槍が交換され、最後の三撃目。走り出したエーリクをクラリサは息を詰めて凝視した。

槍が互いの盾を捕らえ、宙を飛んだ甲冑が陽光をはじく。

「あーっ」

地面に甲冑が叩きつけられる金属音に、悔しそうなローデリカの悲鳴が重なった。落ちたのは彼女の兄、男爵家の長男だった。

「勝者、クロイツァー辺境伯！」

式部官が高らかに告げ、大歓声が上がる。

「ああ、残念……」

ローデリカは溜め息をつき、男爵夫人は心配そうに身を乗り出した。

男爵の長男は自力で起き上がり、籠手を嵌めた左手を上げた。ふたたび歓声が沸き起こる。

「よかった、無事のようね」

落馬により瀕死《ひんし》の重傷を負うこともあるのだ。

長男は従者の牽いてきた馬に危なげなく跨がると、エーリクと並んで貴賓席に挨拶した。

両者とも無事だったことに安堵しながらクラリサは惜しみない拍手を送った。

ふたりは握手を交わすとそれぞれの天幕へ引き上げていった。

その後、休憩を挟んで徒歩戦が始まった。

長剣を始め、斧槍《ハルベルト》や鎚矛《メイス》など、様々な武具を使っての模範試合が行なわれる。

手に汗握る白熱した攻防にクラリサはハラハラしどおしだったが、すっかり昂奮したローデリカは大声で荒っぽく声援し、母親に叱られていた。

双方ともに重傷者を出すことなく騎馬試合《トゥルネイ》は無事終了した。この後は城で最後の宴を開き、三日間にわたる婚礼祝いは終了となる。

宴には軽業師や道化、吟遊詩人も登場し、これまでで最もくだけた雰囲気だった。

まだ昼間の昂奮が残っているのか、騎士たちも歌ったり踊ったり、それぞれの特技を披露する。

最後は舞踏会となり、まずは参加者全員が手をつないで輪になって、カロルやファランドールを賑やかに踊った。

それから男女ペアになって、活発に跳ねるガイヤルドと、ゆるやかなパヴァーヌを交互に踊る。

エーリクと踊るのは初めてだったが、どちらもすごく楽しかった。

腰を掴んでふわりと持ち上げられるたび、どきどきわくわくして、ダンスがこんなに楽しいと思えたのは初めてだった。


夜も更けて寝室に引き上げ、身繕いを済ませたクラリサは、ふと気になって尋ねた。

「お怪我はありませんでしたか？」

にこやかにダンスのステップを踏んでいたから大丈夫とは思うが、槍が大破するくらい激しかったぶつかり合いを思い出すと心配になってしまう。

「大丈夫さ。かすり傷や打撲など怪我のうちに入らない」

「それならいいのですけど」

「なんなら確かめてみるか？」

誘惑のまなざしでニヤリとされて赤くなる。彼はさっさと夜着を脱ぎ捨て、焦るクラリサを引き寄せた。

裸体に覆い被さる格好になってうろたえていると、うなじに腕を回して強引にくちづけられた。

「んっ……」

反射的に腕を突っ張ったが、なだめるように頬を撫でられておずおずと唇を合わせる。

ついばむように何度も吸われるうちに、こわばりが解けていった。

「好きなように確かめてくれ」

唆すように囁かれ、クラリサはうろたえた。

早くも頭をもたげた欲望が、下腹部に当たっている気が……!?

「ほら、早く」

(そんなこと言われても!)

でも、本人の気がつかない怪我もあるかもしれないし……?

夫の身体を気遣うのは妻の務め！　と決意してクラリサは彼の身体をじっと見つめた。

見事に鍛えられた体軀には、よく見ればいくつもの傷痕があった。

かなり古く、すでに完治しているものばかりではあるが、どれほど厳しい鍛練を積んできたのかと胸が痛くなる。

クラリサは、盾が取り付けられていた辺りをそっと指でたどった。

「……槍が当たると痛いのでしょうね。たとえ穂先がなくても」

「まぁ痛いことは痛いが、槍試合用の甲冑はとりわけ胸部が頑丈に作られているからな。盾もつけているし、下にはパッド入りの武装用ダブレットを着ている」

「痣《あざ》はないようですけど、後で出てくるかも」

「言っただろう、痣など怪我のうちに入らん」

くっくと愉《たの》しげに笑い、エーリクはクラリサの夜着を引っ張った。

「あなたの身体も確かめよう」

「わ、わたしは見ていただけですから大丈夫です」

「気付かぬうちにどこかにぶつけているかもしれない」

「まぁ、ひどい。そんなにぼんやりしてません！」

「おっとりしていると言ったんだよ」

甘やかすように顎を撫でられただけで、他愛なく気をよくしてしまう。

指先で首筋をゆっくりとたどられると、ぞくぞくと快感が込み上げてクラリサは顎を反らした。

「……あなたの美しい身体が見たい」

蠱惑的《こわくてき》な囁きに抗えず、クラリサは夜着を脱ぎ捨てた。ふるんと乳房が揺れ、注がれる欲望のまなざしに羞恥よりも昂奮を覚えてクラリサは震えた。

「見事な果実だ」

がっしりした掌にふくらみを包み込まれる。さほど大きくはないのに、ぐにぐにと捏《こ》ね回されると指の間からはみ出す白い胸乳《むなち》の淫猥さに頬が赤らんだ。

胸を弄《いじ》られるに任せていると、隆々と勃ち上がった剛直が臀朶《しりたぶ》に当たっていることに気付いた。

それどころか、すでにクラリサは無意識に前屈《まえかが》みになってそれを秘処にこすりつけていたのだ。

慌てて腰を浮かすと、ぎゅっと乳房を掴まれて甘い痛みに嬌声を上げてしまう。

「そのまま続けるんだ」

淫靡《いんび》な命令に喘ぎながらぎくしゃくと腰を揺らす。雄芯の先端で花芽を突つかれ、甘えるような吐息を洩らしてクラリサは背をしならせた。

連夜の媾合《こうごう》で過敏になった媚肉は、ちょっとした刺激を受けるだけではしたなくも蜜をこぼしてしまう。

とろんと潤んだ瞳で腰を振り、クラリサはたちまち絶頂へと上り詰めた。

ひくひくと戦慄く花弁のあわいに肉槍がもぐり込み、探り当てた蜜口《のこ》に先端を押し当てる。濡れそぼった隘路は待ち構えていたかのように太棹をずぷりと呑み込んだ。

「ひ……ぁ……あぁッ……！」

腰を掴まれ身動き取れないクラリサは、猛る熱杭で貫かれ、白い喉をのけぞらせた。

見開かれた瞳は何も見ていない。快楽の涙をこぼしながらクラリサの身体ががくがく揺れる。

突き上げられるたびに快感がはじけ、痺れるような愉悦が全身に広がった。

ずぷっ、にゅぷっ、と結合部からいやらしい水音がひっきりなしに上がる。はぁはぁ喘ぎながらクラリサは力なく首を振った。

下半身がトロトロに溶けてしまいそうな快美感に翻弄される。

銜《くわ》え込んだ雄茎を絞り上げるように無我夢中で腰を前後させていると、やがて切望した恍惚が訪れ、クラリサは花襞を痙攣させながら放心した。

「はぁっ……あ……ぁ……」

唾液で濡れた唇をたどっていたエーリクの指が、歯列を割って侵入して来る。

クラリサは従順に指を口に含み、舐め吸った。

その間も繋がった腰はゆるゆると揺れ、快楽を紡ぎ続ける。指が抜き出されると口端からとろりと唾液がこぼれた。

エーリクは肘をついて身体を起こし、クラリサの唇をふさいだ。

舌を絡ませながらぐいぐいと腰を入れられ、ふたたび官能が急速に高まる。

「んっ、んんっ、んぅ」

鼻にかかった喘ぎを洩らしながら、絡みつく彼の舌を貪る。口腔《こうこう》を舐め尽くされ、きつく絞られて、舌の付け根がじんじん疼いた。

それがまた新たな快感となり、続けざまに絶頂してしまう。

みっしりと隘路をふさぐ怒張はクラリサが達するたび固さと太さを増していくようだ。

エーリクはくたりとなったクラリサの身体をリネンに横たえると、片脚を肩に担いでさらにずくずくと抽挿を続けた。

「ダ、メ……！　、ダメっ、もう……おかしく、なっちゃ……うぅッ」

「まだ達《イ》けるだろう？」

「も……無理……っ」

懇願するクラリサに目を細め、エーリクは舌なめずりをした。

凄絶な色香が迸り、それだけで達してしまいそうになる。

「……すまないな。どうも昼間の昂《たかぶ》りが収まっていないようだ」

ぐりりと奥処《おく》を抉られ、クラリサは背をしならせた。

「ふ……あ……あ……」

がくがくと全身が痙攣し、見開いた瞳から涙がこぼれる。

抽挿が勢いを増し、濡れた肌がぶつかる打擲《ちょうちゃく》音が仄昏い室内に淫靡に響いた。

「クラリサ……っ」

腰を振りながらエーリクが低く唸る。自制がはじけ、解き放たれた欲望が奔流となって押し寄せた。戦慄く濡れ襞に淫熱が繰り返し叩きつけられる。

目が眩《くら》むような絶頂に、ふっと意識が途切れ、気がつけばエーリクに抱きしめられ、優しく背中を撫でられていた。

身じろぎすると、涙で濡れた目許にそっとくちづけられる。

「すまない。調子に乗りすぎた」

悔いをにじませる声音で彼は呟いた。クラリサはふるりと首を振って厚い胸板に頬をすり寄せた。

「平気よ」

囁いて背中を撫でる。エーリクはクラリサの額にキスして包み込むように抱きしめた。

「……愛してる、クラリサ」

「わたしも愛してる」

甘美なくちづけを幾度も交わし、ふたりは遊び疲れた仔犬のように寄り添って心地よい眠りに落ちた。

第四章　新生活の始まり

婚礼の祝典が終わり、招待客も皆引き上げて、城の奥方としての生活が始まった。

翌日はエーリクの勧めというか強い意向により、一日のんびり過ごさせてもらった。予定のない一日は久しぶりだ。

クロイツァー城に到着してから挙式までは客人扱いだったが、婚礼の支度や、こまごました荷物の整理もしていたのでやはり落ち着かなかった。

エーリクも行事がすべて終わってくつろいだ様子だ。居室の一角でなごやかに朝食を摂ると、今日はゆっくり身体を休めるようにと言い置いて彼は出ていった。

クラリサはナディーネが淹《い》れてくれた熱い薬草茶を飲みながら、室内を改めて見回した。

元々は巨大な一室だったのを、木製の壁を嵌め込んでいくつかに区切ってある。一番広いのは夫婦共同の寝室で、帳を巡らせた四柱式ベッドが中心だ。

貴重品を納めた長櫃《ながびつ》などの家具があり、大きな暖炉の前はくつろぎの空間となっている。ステンドグラスを嵌め込んだ窓からは明るい光が射《さ》し込《こ》んでいた。

他に衣装部屋、浴室を兼ねた化粧部屋、貴婦人が昼間の大部分を過ごす婦人部屋《ブドワール》もあり、小さめの予備の寝室はナディーネが寝起きする小間使い用の部屋と隣接している。

領主の私室としては寝室を兼ねた書斎があり、エーリクは独身のあいだはそちらで寝起きしていたという。

「素敵なお城だわ」

そう言うと控えていたナディーネが頷いた。

「本当に。実はちょっと心配してたんですよ。辺境だし、城砦って聞いたので、戦闘用の要塞みたいなところだと。もちろんそうなんでしょうけど」

「居住部分はかなり手を入れたみたいね」

「でも、もうちょっと飾り気が欲しいですわ。やっぱり男所帯だったせいでしょうか」

「引っ越してきたばかりだからよ。好きなように模様替えしてよいとエーリク様が仰っていたわ。しまってあるタペストリーや家具もたくさんあるのですって」

しばらくすると家令がやって来て、よろしければ執事に城内をご案内させましょうと申し出た。執事は城の日常生活を仕切る責任者だ。

クラリサはナディーネを伴い案内してもらうことにした。

祝宴の開かれた大広間はすでに片づけられ、がらんとしている。ここは日常的にはあまり使われておらず、雨のときなどは騎士たちの稽古がここで行なわれるそうだ。

他にいくつかある小さめの広間は、それぞれ謁見に用いられたり、食堂だったり、騎士たちの詰め所になっていたりする。

騎士たちは外で訓練中らしく、詰め所には誰もいない。

エーリクの執務室の場所も教えてもらったが、邪魔をしてはいけないのでそのまま通りすぎた。

側近の騎士たちは執務室に隣接する騎士の間に控えている。現在エーリクは先ほどの家令から領内の荘園《しょうえん》についての報告を受けているそうだ。

別棟になっている厨房も見学させてもらった。

やはり人数が多いだけあって、王都の実家やこぢんまりとした修道院とは比較にならない。辺境守護を担うクロイツァー城は大勢の兵士を抱えているのだ。

ひととおり見学を終えて自室へ戻り、休憩しながらクラリサは考え込んだ。

家政の実務は執事が取り仕切っており、クラリサ自身がすべきことはないに等しい。

城の奥方として家計簿を確認し、承認を与えればいいとのことだが、自分には家政的な知識が何もないことを自覚すると恥ずかしさ以上に不安を感じてしまう。

エーリクと顔を合わせたのは晩餐の時間になってからだった。領主として多数の報告書に目を通した後は夕方まで武芸の鍛練をしているのだ。

晩餐は小広間の晩餐室で、城詰めの騎士たちも同席する。長テーブルの中央にエーリクとクラリサが暖炉を背に座り、騎士たちが並んだ。

城詰めの正騎士は最大で十二人。ほとんどが跡取りではない次男以下で、城に常駐している。武者修行に出たり、使者として遠出をすることもあるので、大体いつも十人前後だという。今日は婚礼直後ということもあって、十二人全員が顔を揃えていた。

ちなみに席順は訓練中の勝敗によって決まるそうだ。

祝宴とはまた異なる、家族的な雰囲気で和気あいあいと摂る食事はとても楽しかった。

部屋に引き上げ、毛皮を敷いた木のベンチで寄り添って暖炉にあたりながらエーリクが気遣った。

「うるさかっただろう。辺境の騎士は王都と違ってお上品じゃないからな。晩餐は騎士たちとは別々に摂ったほうがいいか？」

「そんな。みんな一緒のほうが楽しいですわ。騎士の皆様もエーリク様と食事を共にしたいと思っているはずです」

「あなたは？　俺とふたりで食事するのはいやか？」

からかうような甘い口調にクラリサは頬を染めた。

「まさか。でも、朝食はエーリク様とふたりきりですし……」

「ああ、そうだったな」

満足そうに微笑んでエーリクはクラリサの頬に唇を押し当てた。

肩を抱かれて寄り添いながら、ふと思い出してクラリサは呟いた。

「今日、執事に城を案内してもらったんです。家政の話もいろいろと聞いて……。わたし、ちゃんとやっていけるんでしょうか」

「何か不安でもあるのか？」

「何かというより、何もかも不安……です」

「来たばかりだから仕方ないさ。そのうち慣れる。心配するな」

チュッと目許にキスされる。こうして甘やかされるのは心地よいけれど、甘えるばかりではいけないという気がする。

率直に打ち明けるとエーリクは破顔した。

「まじめな人だ。それでこそ城の奥方としてふさわしい。俺はそう思うぞ」

「そうでしょうか」

「わからないことは学べばいい。知らないことは遠慮なく訊け。意地悪して教えんような奴は俺が厳重に罰する。執事は意地悪だったか？」

「そんなことありません！　色々と親切に教えてくれました。厨房の人たちも、途中で出会った警備兵もみんな感じのいい人ばかりでしたし」

「あなたのように美しくて聡明《そうめい》な奥方が来てくれたので、みな喜んでいるのさ」

「聡明なんて言われると、お恥ずかしいですけど……」

「謙遜することはない」

「もう……。エーリク様は贔屓目《ひいきめ》が過ぎます」

赤くなってぽそりと呟くと、ぎゅっと抱きしめられた。

「どれだけ贔屓しても足りないな」

甘く囁いて彼はクラリサの唇をふさいだ。

城での生活は穏やかに過ぎていった。北方の遅い春もたけなわとなり、城内のあちこちで花が咲き乱れている。

エーリクはかつての城主夫人の庭園をきれいに整備してくれた。天気がよければ昼間の時間の多くをクラリサは気持ちのよい庭で過ごす。

婚礼の祝典が終わって数日後、ローデリカが正式に侍女兼行儀見習いとしてクロイツァー城へ戻ってきた。

ずっと仕えてくれて気心の知れたナディーネは平民の出なので、正確に言えば侍女ではなく小間使い――つまり使用人だ。

継母が正式な侍女をクラリサに付けなかったので、ナディーネはクラリサが国王に拝謁するため城へ上がるときも同行した。

今になって、それが嫌がらせだったのかもしれないと気付いたが、聡《さと》い質で目端の利くナディーネはクラリサに恥をかかせたことは一度もない。

彼女は農民だった両親を早くに亡くしたものの、とある裕福で偏窟《へんくつ》な未亡人に仕え、行儀作法をきっちり仕込まれていたのだ。

ローデリカは身分的には下のナディーネに挙措《きょそ》を注意されても変に拗《す》ねることはなかった。思ったとおり、本来は素直な性質なのだ。

母親を嘆かせた刺繍の腕前も、少しずつ上達している。ただ、細かい作業が続くとやはりイライラしてくるらしい。

そうなるといつも持ち歩いている木剣を振り回して憂さ晴らしをする。

貴婦人はふだんの装いでは長いベルトの先にハンカチなどの小物を入れた綺麗な巾着袋《オモニエール》をぶら下げているのだが、ローデリカはそのなかに短剣をしまっていた。

さらに腰には愛用の木剣を下げている。

ナディーネは呆れていたが、クラリサは咎める気にならなかった。ローデリカはダメと言われると反発する質なのはもうわかっている。

エーリクはと言えは、『緊急事態に奥方様を守るためです』と言い張られるとあっさり許可した。

可愛らしいドレスに木剣を携えたローデリカは最初、見習い騎士の少年たちにからかわれたが、その後の稽古でこてんぱんにやっつけると、誰も何も言わなくなった。

読み書きと刺繡、立ち居振る舞いと楽器の練習をきちんと済ませれば、武芸の稽古に行ってよいと告げてある。

ローデリカは、たまに癇癪《かんしゃく》を起こして木剣をぶんぶん振り回すことはあっても、決められたことはきちんとこなしていた。


五月下旬、皆で城下の森へ薬草摘みを兼ねてピクニックへ出かけることになった。

城内には薬草園もあるが、森に育つ野生のハーブは薬効が高いと信じられているのだ。

エーリクと馬に同乗して、城のそびえる小高い丘の麓の森へ入る。すぐ近くなので、同行する騎士はカールとコンラートの二名とそれぞれの部下数名だ。

その中には従騎士のオスカーもいた。クラリサの見るところ、どうやら彼はローデリカが好きなようだが、気の毒なことにまったく相手にされていない。

というか、ローデリカは彼の好意に気付いていないのかもしれなかった。聞けば幼なじみなのだとか。

苛められっ子で何かと庇《かば》ってやったオスカーがクロイツァー城で生意気にも騎士修行を始めたのが気に食わず、わたしのほうが強いと押しかけてきたのが事の発端らしい。

対抗心以上に、ごく幼い頃からエーリクに憧れていたことが大きかったのだろうが。

森のなかの程よい場所を起点に定めると荷物番を残し、数人ずつに別れて籠を持ってハーブ摘みに出かける。

何事も全力でぶつかるローデリカは、『たくさん摘むわよ！』と張り切って出発し、その後をオスカーが慌てて追いかけていく。

がんばれよ～とカールがヒラヒラと手を振った。どうやらオスカーの片想《かたおも》いは、その相手以外には周知のようだ。

「おまえは行かないのか？」

コンラートに尋ねられたカールは、部下が広げた敷物の上にごろりと横になった。

「俺は昼寝」

頭の後ろで手を組み、目を閉じる。コンラートは苦笑してナディーネに目を向けた。

「よろしければ、私にお供させていただけますか？」

「えっ？　わ、わたしですか⁉」

にっこりと麗しの騎士が頷く。コンラートは聖騎士《パラディン》の称号を持ち、エーリクの側近の中でも容姿・伎倆ともにとりわけ優れた上級騎士だ。

「で、でも、わたしは……奥方様の小間使いにすぎませんし……」

うろたえながら遠慮するナディーネにクラリサは笑いかけた。

「いいじゃない。ナディーネだって、騎馬試合《トゥルネイ》ではコンラートを一番に応援していたでしょう?」

「奥方様っ」

真っ赤になって抗議するナディーネを、エーリクがからかうようになだめる。

「せっかく妻とふたりきりになれる機会を邪魔しないでほしいな」

「エーリク様!」

今度はクラリサが赤面する。

「そういうことで、お邪魔してはいけませんから……ね?」

悪戯っぽくコンラートが微笑む。

ナディーネはハッと気を取り直し、勇んで頷いた。

「そ、そうですわね。そういうことでしたら喜んでご一緒させていただきますわ」

「ナディーネ!」

「では奥方様。また後ほど」

腰を屈め、ナディーネは騎士の腕に手を添えてそそくさと行ってしまった。

焦っていると、エーリクが笑いを噛《か》み殺《ころ》したような顔付きで尋ねた。

「俺とふたりきりで森を散策するのは気が進まないのかな?」

「まさか!　嬉しいです。嬉しいですけど……」

「けど？」

「こんなふうに気を回されると、照れくさいというか……」

くっくっとエーリクは上機嫌に喉を鳴らした。

「あなたがそのように可愛らしいから、みな気を回してくれるのだよ」

ほら、と腕を差し出され、おずおずと手を添える。ちらと目を上げると嬉しそうににっこりと笑まれ、とくんと鼓動が跳ねた。

結婚して二か月経つのに未だにときめいてしまう。エーリクが少年のように衒いのない笑顔を見せるのは自分の前だけなのだと気付いてからは、一層。

成人したばかりの十五歳で辺境伯となり、たったひとりで領地へ赴いたエーリク。

側近の騎士たちから聞いた話では、当時城を預かっていた城代や家令とはかなりの衝突があったらしい。

先代は彼の父親だったが、国王として即位したため、以来正式なクロイツァー辺境伯は不在で城代が取り仕切っていた。

十年以上も実質的な領主としてふるまってきた城代は、エーリクの着任後も実権を手放そうとしなかった。

荘園を采配する家令も役得で私腹を肥やしており、彼らにとってエーリクは邪魔者でしかなかったのだ。

彼らを追い払い、領主としての地位を確立したのは二十歳を過ぎてからだった。

苦労したせいか、エーリクは家臣たちの前ではいつも峻厳な面持ちを崩さない。腹心であるコンラートやカールの前でさえ、滅多に笑顔を見せることはないという。

親戚のヒルシュ男爵家の面々にも、ずっとよそよそしい態度を取っていたが、当主のノルベルトが豪放磊落《ごうほうらいらく》な性格で、押しの一手でしげしげと訪問しているうちに段々と心を開いていった。

そんなエーリクが唯一甘い顔を見せる相手がクラリサだ。

救出に駆けつけるまで、彼に想い人がいるとは側近たちですら考えもしなかった。

それからあれよと言う間に婚約、結婚。

クロイツァー城の誰もが驚き、喜んだ。初々しい花嫁に笑いかけるエーリクを見て、印象が百八十度変わったという者も多い。

公正かつ謹厳実直《きんげんじっちょく》だが、取っ付きにくく無愛想な木石漢《ぼくせきかん》……というのが周囲のほぼ一致した印象だったのだ。

執務中の態度は結婚後も変わっていないが、受け取る側の見方が変わったせいか、以前よりも親しみやすくなったと思われている。

逆にクラリサからすると、エーリクのぶっきらぼうな顔など見たことがないので不思議に思えてしまう。

王都では『悪魔公』と恐れられているのは耳にしていたが、実際には初めて会ったときから彼を怖いと思ったことは一度もない。

ニコニコと愛想がいいわけではないが、少しばかり照れたような朴訥な笑みには胸がきゅんとしてしまう。

そしてクラリサがぼうっと顔を赤らめていると、彼はなんとも言えず嬉しそうににっこりするのだ。

その笑顔は間違いなくクラリサだけのもの。

彼の素敵な笑顔を独占しているのだと思うと、なんだか得意な気分になってしまう。

腕を組んで森を歩くだけでエーリクは楽しそうだ。もちろんクラリサも楽しい。何をしなくても、一緒にぶらぶらしているだけで幸福だった。

修道院では薬草園の管理も手伝っていたので、クラリサは薬草の種類や効能にはけっこう詳しい。城の医師にも一目置かれ、その点だけは修道院での経験が役に立ったと素直に思えた。

初夏の森ではたくさんのハーブが見つかる。歩き始めたときは妙に意識してしまったが、いくつかのハーブが目につくとたちまち照れなど消えてしまった。

「ここ、ディルがたくさんありますね。摘んでいきましょう」

ディルは料理によく使うので城の薬草園でも育てているが、初夏の森で摘んだ薬草には不思議な力が宿っていると信じられている。

「ディルには胃腸の働きを助ける効能があるんですよ。篝火《かがりび》でいぶすと薬効が大きくなると言われています」

「それは知らなかったな。自分で作ってみてはどうだ？　修道院でもやっていたんだろう」

「いいんですか？」

「もちろん。うちの医者は血止めや擦り傷に効くものならめっぽう強いんだが、胃腸だの風邪だのはカモミールとミントだけで押し通す口だから」

「確かにそれらも効きますよ」

笑ってクラリサは答えた。

「麗しの奥方が作ったとなれば、さらに効果が増すだろう」

したり顔で顎を撫でる様子に苦笑してしまう。お世辞ではなく完全に本気なのだから。

ひとつの籠一杯にディルを摘み、もうひとつの籠には別のハーブをと、ふたたび森を歩きだす。

そのうちにどこからか、甘く爽やかな香りが漂ってきた。

「あ……。ニワトコの花が咲いてるみたい」

「そういえば、こっちのほうにあったと思う」

エーリクの案内で進むと、果たして大きなニワトコの木があった。緑葉の間で白い小花がこんもりと房状になっている。

じっと花を見つめていると、エーリクがハッとした。

「すまん。厭なことを思い出させたな」

「え？　――あ、いいえ。大丈夫です」

クラリサは微笑んだ。

確かに厭でも先の事件は思い出された。ニワトコのコーディアルを国王の毒殺に用いたという濡れ衣を着せられ、真冬の牢獄で死ぬような思いをしたこと……。

でも、その事件をきっかけにエーリクと再会し、妻にと望んでもらえた。そしてあの頃には想像もできなかった幸せな生活を送っている。

「……また、この花でコーディアルを作ってみたいわ」

呟くと、エーリクが力強く頷いた。

「作ればいい。そうだ、俺のために作ってくれないか？」

彼は真剣にクラリサを見つめている。胸がいっぱいになって、クラリサは瞳を潤ませ頷いた。

エーリクはディルの入った籠を置いてクラリサを抱き寄せた。

唇をふさがれ、空の籠が地面に落ちる。

慰めるようだったくちづけは次第に熱をおび、情熱的に互いの口唇を貪りあった。角度を変えながら繰り返し唇を吸いねぶり、舌を絡める。ようやく離れた唇のあいだに細く糸が引いた。

エーリクが熱っぽい吐息を洩らし、濡れた唇を舐める。ぞくっとするような色香が漂い、クラリサの胸は不穏に高鳴った。

ふたたび噛みつくように唇が重なった。おののきながらも懸命に応えていると、彼の手がドレスの裾を引き上げようとしているのを感じて焦る。

野遊びなので、着ているのはしわになりにくいモスリン地のドレス。上腕部が大きく膨らみ、前腕はぴったりした筒袖だ。

前で編み上げるボディスを着て、ドレスが汚れないように装飾的な長いエプロンをしている。

「ん……っ!?　エーリク様……っ」

袖を摑んで制止するも、彼はまるで意に介さない。スカートと一緒にヴェルチュガダン（ペチコート）まですするすると上げられてしまった。

シュミーズの上から腿を探られ、必死に手を押し戻そうと抗う。

「い、いけません、エーリク様。こんなところで」

「……ニワトコの木の周りにはいずれ生まれて来る赤子の魂がいて、母親となるべき女性が木に触れるのを待っているのだそうだ」

「えっ？　えっ？」

「子が欲しいとは思わないか？」

誘惑の声音で囁かれ、こくこく頷く。

「もちろん欲しいです！」

「なら、かまわないな？」

有無を言わさず唇をふさがれ、クラリサは目を白黒させた。子どもはもちろん欲しいが、だからといって薬草摘みの途中で致すというのはどうなのか……！

「だ、誰かに見られたらっ……」

「こっちには来ないさ。たとえ見られたところで夫婦なのだしな」

「そうですけどっ」

手さぐりでシュミーズも捲《まく》られて、がっしりした手が直に触れて来る。果敢《はか》ない抵抗を試みる腿を割って茂みを探られた。

「この花には、たっぷりと蜜が溜《た》まっているようだぞ？」

甘い揶揄《やゆ》に真っ赤になって身を縮める。

くちゅくちゅ掻き回されると下腹部が甘だるく疼いた。

ぬくりと指が蜜口から侵入し、ずぷずぷと根元まで挿入されてクラリサは喘いだ。

濡れた花弁が男の指をぴったりと包み込んでいる。

ゆっくりと抽挿され、浅ましく腰が揺れた。

「……っく」

逞しい肩にしがみついてクラリサは押し殺した喘ぎを洩らした。

（ああ、ダメ……っ）

とりわけ弱い箇所を引っかくように刺激されて、じわりと涙が浮かんだ。下腹部が絞られるように疼き、柔肉がひくひくと戦慄く。

深々と指を銜え込まされたまま、クラリサは達してしまった。

褒めるように濡れた目許にキスされ、ずるりと指が抜き出されると同時に身体を反転させられた。

ニワトコの幹に手をつき、尻を突き出すような体勢を取らされる。

未だ痙攣の収まらない花弁に、熱杭がひたりと押しつけられた。張り出した先端がにゅくりと沈み、次の瞬間には剛直がみっしりと隘路を埋めていた。

「……っ」

見開いた視界でチカチカと光が瞬いた。もう何度も受け入れているのに、未だに挿入される瞬間は息が止まるような衝撃に襲われる。

充実した肉棒が最奥をずぅんと突き上げ、先端近くまで退いたかと思うと勢いよく戻ってきた。ずるずると花肉を擦り上げられ、嬌声が洩れる。

「ぁんんっ、ふぁ……あぁっ」

たまらない愉悦で、さらに腰を突き出してしまう。捲り上げられたスカートの陰で、ぱちゅぱちゅと淫らな音をたてて肌がぶつかりあった。

「……いつも以上によく締まるな」

官能的な低声でエーリクが囁いた。交接しながら艶めいた声音で囁かれると、いつもぞくぞくと肌が粟立《あわだ》つほどに感じてしまう。

さらに雄茎をきゅうきゅう締め上げ、クラリサは恍惚となった。

思う存分腰を振って柔襞の締めつけを愉しむと、エーリクはふたたびクラリサの身体を反転させた。木の幹に背中を預け、エーリクの肩にしがみつく。

彼はクラリサの片足を持ち上げて猛る剛直を花筒にねじ込んだ。

「ひッ……！」

ごりりと奥処《おく》を抉られる衝撃に、脆《もろ》く見開いた瞳から涙がこぼれる。

ぐいぐい腰を入れられると木が揺れて、小さな白い花びらがはらはらと降り注いだ。青みのある甘い香りがいっそう濃密になった気がした。

突き上げられるごとに身体が擦り上がり、ほとんど片方の爪先だけで立っているような状態だ。

エーリクの手で支えられ、彼の肩にしがみついていると、宙に浮いているような感覚にくらくらと眩暈を覚えた。

彼の吐息が荒くなり、抽挿が一層激しくなる。

「……出すぞ」

「んっ……」

ぎゅっと目を閉じ、小刻みに頷いた瞬間、どくんと熱いものが胎内ではじけた。

太棹で穿たれるたび、猛る欲望がびゅくびゅくと叩きつけられる。

ぴたりと身体を密着させ、しばし陶酔に浸った。

荒い呼吸が収まってくると、エーリクは恍惚と放心するクラリサの唇をついばむように何度も吸った。

満足した雄蕊《おしべ》がずるりと抜き出される。とろりと腿を伝う淫靡な感触に頬を染めて彼の胸にもたれると、優しく背中を撫でられた。

エーリクは衣服の乱れを直すとクラリサのドレスも念入りに整え、耳元で甘く囁いた。

「休んでいろ。花は俺が摘む」

言われるままに幹にもたれかかり、昂りが静まっていくのを待つ。何事もなかったかのように涼しい顔で花を枝から切り取っているエーリクを横目で眺め、クラリサはちょっと恨めしい気分になった。

（殿方はすぐに醒《さ》めてしまうのだから、ずるいわ……）

繰り返し達《イ》かされたクラリサのほうは、なかなか恍惚境から戻ってこられないのに。夜の営みならそのまま眠ってしまえるが、戸外ではそうもいかない。

「このくらいでいいか？」

籠からあふれんばかりにニワトコの花を摘んだエーリクが尋ねる。気だるく頷くと、彼は困ったように眉根を寄せた。

「怒ったのか？」

「怒ってはいませんけど……。何をしていたのかと勘繰られたら恥ずかしくて」

「勘繰るまでもなく自明だろう。皆なんとも思わないさ」

「余計に恥ずかしいですッ」

涙目で睨むと、エーリクはくすぐるように頤を撫で、甘く囁いた。

「悪かった。許してくれ」

「悪かったなんて思ってないくせに」

「そう拗ねるな。拗ねてもかわいいが」

「いじわるっ」

「あなたがかわいくてたまらないのだよ。できることなら衣服をすべて脱がせ、あなたの美しい身体を自然光のなかでじっくりと鑑賞したいくらいなんだ」

「ダメっ、絶対！」

ハハッと笑ったエーリクは上機嫌にクラリサを抱きしめた。

「せっかくの美しい季節なんだ。花を眺めながら愛し合うのも悪くはないだろう？」

花を眺める余裕なんて全然なかったけれど。誰にも見せない甘い顔で誘惑してくる夫には逆らえず、クラリサはおずおずと頷いたのだった。


クロイツァー城での暮らしにもすっかり慣れ、奥方としてのふるまいも板についてきた頃。近くの城市《まち》へ出かけてみないかとエーリクに誘われた。

そこはクロイツァー城から最も近くにある城郭都市ハルトリーゲルで、領主はフォイルゲン副伯という。

主要街道沿いに在り、商業が盛んで賑わっている城市《まち》だが、領主とあまり仲がよくないためエーリクは滅多に行かない。結婚式にも招《よ》ばなかった。

「実は領主が王都に出かけてしばらく不在なのがわかったんだ。いたとしても別にかまわないのだが、うっかり街中で出くわすと面倒だ。痛くもない腹を探られるのも不愉快だし」

どうやら副伯はクラリサの父伯爵と同様、宰相の腰巾着らしい。

「ハルトリーゲルって、確かカサンドラがお店を構えているところですよね？」

クラリサは美貌の女商人の顔を思い浮かべた。

婚礼祝典の二日目、狩りに出かけたエーリクたちを待つ間に訪れたカサンドラは、あれから一度、様々な商品を馬車に積んでクロイツァー城を訪れていた。

城下の農村には生活用品を扱う小さな雑貨屋はあるが、大したものは売っていない。領内の人々が集まる定期市も同様だ。

穀物や家畜などは定期市で仕入れるが、ちょっと洒落《しゃれ》たものを買おうとするならカサンドラが二、三か月ごとに行商に来るのを待つか、ハルトリーゲルの城市まで出かけていくしかない。

エーリクの身分なら自分の都合で商人を呼びつけることはもちろん可能だ。しかし買いたいものがはっきりしていないのに呼びつけるのもためらわれる。

前回カサンドラが来たときには、若い女性が好みそうなものを色々と見繕って持ってきてくれて、エーリクと一緒に楽しく選んだ。

そのときに、ぜひ店へお越しくださいと誘われていた。カサンドラが扱っていない商品でも、城市にある店で大抵のものは調達できるという。

特に欲しいものがあるわけではないが、エーリクと一緒に出かけられるのは嬉しい。

さっそく翌日、ナディーネとローデリカも連れて出かけることにした。

クラリサとナディーネは馬車にしたが、ローデリカは馬に乗ると言い張った。木剣は持たず、婦人鞍での横乗りを条件に許可した。最初は不満そうだったが、歩きだせばすぐに機嫌がよくなった。

ローデリカは一人前の貴婦人を気取りながら懸命にエーリクに話しかけている。それを窓から微笑ましく眺めているとナディーネが尋ねた。

「いいんですか、奥方様?」

「何が?」

「あの子、殿下の気を惹こうと必死じゃないですか」

「そんなのじゃないと思うわ。ただエーリク様に褒められたいのよ」

見ているとエーリクは生返事をしているだけだ。結婚してだいぶ丸くなったと言われているが、劇的に愛想がよくなったわけではない。

ただ峻厳な雰囲気がやわらいで、話しかけやすくなったのは確からしい。カールが感心したように言っていたし、小姓たちからもそのようなことを聞いた。

ローデリカも同じだろう。立派な貴婦人(と騎士)を目指してがんばっていることを、認めてもらいたいのだ。

「本当に、ずいぶんよくなったのよ? エーリク様も少しくらい褒めてもいいと思うわ。わたしのことはやたらと持ち上げて、たいしたことなくても褒めてくださるのに……」

「まぁ、ごちそうさまですこと」

冷やかすように言われてクラリサは赤くなった。

「そういうつもりじゃ……。ナディーネだって、ローデリカがエーリク様の気を惹こうとしてるなんて、本当は思ってないんでしょ」

「それは、まぁ。意地っ張りですけど、根は素直ないい子だと思ってますよ？　でもねぇ、侍女たる立場をもう少し自覚してもらわないと。あれは近すぎです。誤解されかねません」

「そうかしら。仲よし兄妹みたいじゃない？」

はぁ、とナディーネはしかめ面で額を押さえた。

「おっとりしていらっしゃる……。外界から切り離された修道院でお育ちになるのも善《よ》し悪《あ》しですねぇ」

よくわからず、クラリサは目を瞬いた。

「ローデリカにエーリク様を盗られるんじゃないかと心配してるの？」

「心配はしていませんが、奥方様以外の女性が殿下にベタベタまとわりつくのはおもしろくありません」

「まぁ、ナディーネったら。ご覧なさいな、エーリク様は全然相手にしてないわよ。もうちょっと相手してあげてもいいくらいだわ」

視線を感じたか、少し前を進んでいたエーリクが振り向いてにっこりする。ローデリカへの無愛想な言動とは天地の差だ。

「……考え過ぎでしたわ」

ナディーネがぼやくように呟き、ローデリカは眉を吊り上げて憤慨した。

「エーリク様！　奥方様しか目に入らないのはわかってますけど、わたしだってちょっとは美人だと思いません⁉　奥方様には敵わないとしても」

「あたりまえだ」

きっぱり答えるエーリクには衒いもにべもない。きぃっとローデリカが叫んだ。

「じゃあ、奥方様の次に美人だって言ってくださいよ！　嘘でもいいですから！」

「俺は嘘は言わないし、クラリサに次ぐ美人は母上に決まってる」

「じゃあその次っ」

「男爵夫人かな」

「じゃあじゃあその次は⁉」

「……まぁ、それくらいが妥当なとこか」

「もうっ、何番め⁉」

ひぃふぅみぃと指折り数えてローデリカは肩をすくめた。

「奥方様と伯母様とお母様の次なら、まぁいいわ」

「おまえが一番美人だと思っている男は他にいるだろう」

そっけなく言われ、ローデリカはぷいっとそっぽを向いた。

「興味ないわ」

一刀両断されたオスカーが可哀相《かわいそう》になる。さいわい彼は同行していないが、もしこれを聞いたらさぞ落ち込むことだろう。彼の恋路は前途多難だ。

端から見たら滑稽《こっけい》話のような遣り取りを交わしながら順調に馬車は進み、正午少し前にハルトリーゲルに到着した。

何事もなく城門を通過し、カサンドラの店に向かう。あらかじめ訪問の予定は伝えてあった。

「賑やかな町は久しぶりですね、奥方様」

馬車の窓から通りを眺め、ナディーネがはしゃいだ声を上げる。彼女は王都育ちだから、町場のほうが住み慣れているのだ。

道はそれほど広くなく、ぎりぎり馬車がすれ違えるくらいの幅しかない。といっても大部分の人は徒歩か騎馬なので渋滞することもなかった。

ゆっくりと進んでいた馬車がやがて止まった。エーリクの手を借りて馬車から降りたクラリサは、石造りの大きな建物を見上げた。

店の脇には広い空間があり、馬車を停《と》めたり、馬を繋いでおける。

入り口へ続く階段の上にカサンドラが現われ、急いで下りてきた。

「ようこそ、いらっしゃいませ。お待ちしておりました。さ、どうぞ」

中へ入ると広々としたホールになっていた。通りに面したほうが店になっているようだが、カサンドラは一行を別の部屋へ案内した。

「食事の用意をいたしましたので、まずはごゆっくりお召し上がりください」

テーブルに着くと次々に料理が運ばれて来る。

カサンドラは自ら給仕に立って一行をもてなした。

食後は別の部屋に移り、品物を見せてもらう。クラリサは布地を買ってドレスを自作しようと思っていたのだが、腕のよい仕立て職人がいると言われて任せることにした。

修道院では衣服は自分で仕立てていたが、いたってシンプルなものばかりだ。

実家に戻ってからは、部屋着はともかく伺候《しこう》用のドレスはすべて専門の職人が仕立てたものを着ていた。

縫うだけならともかく、自分でデザインするのは心もとない。

カサンドラが仕立屋を呼んでくれたので、別室で採寸をし、デザイン画を見ながら生地を選んだ。

エーリクが、ナディーネとローデリカもドレスを仕立てたらいいと言ってくれて、ローデリカははしゃぎ、ナディーネも恐縮しつつすごく嬉しそうだ。

下着は自分で縫いたいので、エーリクの分も合わせて上等なリネンをまとめて買う。手鏡や櫛《くし》、扇などの服飾小物の他、物語の本も何冊か買った。

城の図書室にはたくさんの書物があって自由に読めるが、物語の類はほとんどなく、すでに全部読んでしまった。

物語の本は修道院時代にこっそりと読みふけっていたのが癖になって、隠れるように読んでいたのをエーリクに見つかって焦ったが、読みたい本があれば好きに買って読めばいいと言ってもらえてホッとした。

「物語がお好きならば、王都の書籍商人からの仕入れを増やしましょう。新しい作品が出たらすぐに送ってくれるよう頼んでおきます」

「それは嬉しいわ、ありがとう」

礼を述べるとカサンドラはきびきびと微笑んだ。

彼女はクラリサに付きっ切りであれこれと気を配り、素早く好みを把握して、気に入りそうなものを選んだり、迷っていれば適切にアドバイスしてくれた。

その間にも、店員からの問い合わせに応じたり、指示を出したりしている。

さすが、この若さで大店を切り盛りしている人物だけあって、年齢以上の貫禄と落ち着きがある。クラリサはすっかり感心してしまった。

大体の買い物を済ませ、香草茶を振る舞われて休憩した。

「必要なものがあれば、いつでもお知らせくださいませね。すぐに伺います」

「ありがとう。それにしてもカサンドラさんはすごいわ。こんなに大きなお店で、たくさんの品物を扱っていて」

「まだまだ勉強中で。至らぬ点ばかりですわ」

「でも、ずいぶんお店を大きくしたと聞きました。やはり商家の出でいらっしゃるの?」

「いいえ、もとは鍛冶屋の娘なんですのよ」

「えーっ、意外!」

ローデリカが叫ぶ。

「父の跡を継ごうと思っていたのですけど、まぁいろいろとございまして。はっきり言ってしまえば借金のカタに、この店の先代主人の後妻になったんです。父の借金ではなかったのですけど。保証人なんて軽々しくなるものではございませんわね」

「まぁ……」

思わず絶句すると、カサンドラはさばさばした笑いを浮かべた。

「ところが主人も賭け事に嵌まって財産をつぎ込んだ挙げ句、頓死しまして。その頃には両親も身罷《みまか》っていたものですから、もう帰るところもございません。店を守るために必死に働いて、数年がかりでどうにか持ち直しました」

持ち直しただけでなく、以前よりも大きくしたのだから大した手腕だ。謙遜しているが、運だけでなく、かなりの商才があったに違いない。

　この城市の領主からも一目置かれ――大金を貸し付けているという噂――、しかも誰から見ても文句のつけようのない美人だ。

　うらやましさを覚えながら香草茶を飲んでいると、外出していたエーリクたちが帰って来た。警護役の騎士を残し、側近数名と町の様子を見に行っていたのだ。

「お帰りなさいませ」

「買い物は済んだか？　気に入ったものはあったか」

「はい。ナディーネたちの分までありがとうございました」

　ローデリカとナディーネが口々に礼を述べる。

「帰る前に、少し町をぶらぶらするか？」

「広場で大道芸をやっておりますよ。見ていかれては」

　カサンドラの勧めにローデリカが見たいと騒ぐ。

　店を出ようとすると、カサンドラがエーリクにそっと近付いた。

「殿下。例の報告書が先ほど届きました」

　書類の束を受け取り、エーリクは頷いた。

「ご苦労。また近いうちに城へ来てくれ」

　うやうやしくカサンドラはお辞儀した。なんの報告書だろうかと気になったが、今尋ねるのもためらわれる。

「さぁ、大道芸を見物して帰るとしよう」

カサンドラと店員総出で見送られ、馬で広場へ向かった。馬車は買ったものを積んで一足先に城門へ向かい、そこで待機する。

こうしてふたりで馬に乗って城下の森や川辺をそぞろ歩くことはよくあるが、賑やかな町中は初めてだ。

広場では旅の芸人たちが得意技を披露して喝采を浴びていた。

しばらく見物して楽しみ、一行はハルトリーゲルの城市《まち》を後にした。


クロイツァー城に帰り着いた頃にはすっかり日が暮れていた。明るい月夜だったので松《たい》明《まつ》なしでも無事に城内まで入れた。

謎の報告書について思い出したのは、寝支度をしてナディーネに髪を梳《す》いてもらっているときだ。

ベッドでエーリクと寄り添い、ためらいながら尋ねてみた。

「あの。報告書ってなんですか？」

「ん？　ああ、あれか」

何故かエーリクは皮肉っぽい笑みを浮かべる。

「我らが王太子殿下の行状報告さ」

「アードルフ殿下の……？」

エーリクは頷くとベッドを出て私室へ行った。戻ってきた彼に書類を手渡され、とまどいながら目を通す。

読み進めるうちにクラリサの表情はどんどん曇っていった。

「……本当にこんなことを？」

書かれていたのはアードルフの享楽的で怠惰な生活ぶりだった。

しかも夫婦揃ってだ。クラリサの異母妹ペルジネットは、宣言どおり十八歳を迎えると同時にアードルフと結婚し、王太子妃となっていた。

「アードルフの動向は二年前から定期的に報告させていた。カサンドラに頼んだのは、そのほうが警戒されにくいからだ。ちょうど彼女が王都に支店を出すと聞いてな」

「二年前というと、もしや……？」

「ああ。奴が反省して性根を入れ替えたかどうか確かめたかった。……まぁ、期待はしてなかったが、反省どころか余計に悪くなっていてさすがに呆れたよ。俺に対する反発は予想以上に強かったらしい」

「そうだったんですね。……ありがとうございます」

危ういところを救ってくれただけでなく、その後も気を配ってくれたことに、改めて胸が熱くなる。

「王都には俺の直属の部下も何人か配置しているが、カサンドラの報告は商人ならではの観点から部下の報告を補ってくれる」

「国王陛下はご存じないのでしょうか。王太子殿下がこのような放埓《ほうらつ》な生活を送っていることを」

「これまでは陛下の耳に入れないよう、宰相がもみ消していたようだ。アードルフも陛下の前ではおとなしく従順にしていた。毒殺未遂の一件で陛下もついに気付かれて、厳しく叱責なさったが……」

エーリクは眉を曇らせた。

「アードルフは叱られると反発して、かえって悪行をエスカレートさせるという厄介な性格の持ち主だ。直後はおとなしくしていても、いずれぶり返す。それもさらに過激になって。陛下もそれはご存じだ。もちろん宰相も。ただ……宰相は操り方が巧い。奴にとってアードルフは単なる政略の駒にすぎないからな。更生させようという気などさらさらないから、いくらでも甘言を弄せる。扱いきれなくなればあっさり切り捨てるだろう。次の駒さえ手中に収めていれば、ためらう理由はない」

「次の駒？」

「跡取りのことだ。奴も結婚したからな。……だが、父上はそうはいくまい。親子の情というものが、どうしてもある」

「エーリク様にも兄弟の情があるのでしょう？」

「どうかな。俺は父上と違って元来冷淡な人間だから」

「そんなことありません」

クラリサは驚き、寝転がったエーリクの顔を真剣に覗き込んだ。

「エーリク様は優しい方です」

「俺が優しいのは大切な人間に対してだけさ。正直、アードルフなんぞ勝手に自滅すればいいと思ってる」

「でも、それでは王国が宰相の思いのままにされてしまうのでは？」

「そうなったら独立する」

きっぱりとエーリクは言い切った。

「独立……!?」

「クロイツァー辺境伯領を侯国として認めさせるんだ。いつそうなっても大丈夫なように、兵の訓練を欠かさず備えている」

クラリサは目を丸くした。

「でも、エーリク様は王族なのに……」

「だから却《かえ》って有利なんだよ。身内となれば独立の承認にも抵抗が少ない。向こうからすれば半独立みたいなもの、いつでも再併合できる――。もちろん、そう考えるのは向こうの勝手な思い込みだ」

ニヤリとエーリクは獰猛《どうもう》な笑みを浮かべた。クラリサには甘い顔ばかり見せているエーリクだが、政治が絡むとこういう表情をすることがたまにある。

意外というか、新鮮というか。なんだか妙にドキドキしてしまう。

エーリクは報告書の束を取り上げて枕の下に突っ込むとクラリサを抱き寄せた。

「まさかとは思うが……アードルフに未練があったりしないよな？」

「それこそまさかですわ。アードルフ殿下に惹かれたことなど一度もありません」

「王太子妃という立場には？」

「他人事のようでした。なりたいと思ったことはありませんから、未練もありません。わたし、エーリク様の妻になれてよかったと心から思っています」

エーリクは微笑み、チュッとクラリサの唇を吸った。

「俺もあなたを妻にできて最高に幸せだよ」

優しく抱きしめられ、うっとりするような幸福を感じながらクラリサは彼の背に腕を回した。

第五章　水面下のたくらみ

七月に入り、爽やかに晴れた青空が続いたある日のこと。エーリクはクラリサを連れて久しぶりに母の住まう離宮を訪れることにした。

エーリクの母であるレナーテ王妃は、二十年近く前に療養のために王宮を離れて以来、ずっと離宮で暮らしている。

離宮は王都から馬車で半日ほどの距離にあり、国王は定期的に訪れては数日間滞在しているそうだ。

エーリクは当初、クラリサを領地へ連れて行く途中に立ち寄ろうと考えていたのだが、寄り道で身体に負担をかけないほうがいいかと思いなおし、結婚してから訪問することにしたのだった。

ローデリカは一旦実家に戻し、伴うのはナディーネだけにする。護衛の騎士や従者、道中の世話をする使用人たちを連れて出発した。

のんびり進んで五日ほどで離宮に到着した。馬を飛ばしても三日はかかるそうだ。王都よりは近いが、気軽に訪れるにはやはり遠く、訪問は半年に一度くらいだという。

離宮は森に囲まれた静かな湖のほとりにあった。

かつては狩猟館として使われていた小さな古城で、白いたたずまいはおとぎ話に出てくるお城のようだ。

離宮の主であるレナーテ王妃も、どこか仙女のような雰囲気を漂わせる、たおやかな美女だった。

二十七歳の息子がいるとは思えないほど若々しい。

レナーテ王妃は息子の結婚をたいへん喜び、クラリサを大歓迎してくれた。

醜聞を抱えた女を娶《めと》るなんて……と眉をひそめられるのではと不安だったが、実の娘のように抱擁されて頬に優しくキスされた。

王妃の居間に通され、ワインの果汁割りや軽食でもてなされながら話をする。

「あなたのことは陛下からも伺っています。大変な目に遭われたわね。本当にお気の毒だったわ。ひどく身体を壊したりはしていない？」

「大丈夫です。エーリク様がすぐに助けてくださいましたから」

「すぐと言っても一か月近くかかってしまった。折悪《おりあ》しく国境の見回りに出かけていたものだから、報告を聞くのが遅れて」

当時を思い出してか、エーリクは渋い顔になった。

「間に合ってよかったわ。わたくしも後で聞いてホッとしました。陛下が倒れられたことも、そのときになってようやく知ったの……」

レナーテはうつむき加減に唇を噛んだ。

「その後、陛下はこちらへは？」

「先月いらしたわ。一週間ほど滞在なさったの。……とてもお悩みの様子でした。口に出しては何も仰いませんでしたけど」

エーリクが険しい顔で何か言いかけるのを遮るようにレナーテは続けた。

「でもね、倒れていいこともあったと仰っていたのよ」

「……なんです？」

「あなたとふたりきりでゆっくり話ができたことですって」

ぽかんと母を見返したエーリクは、さっと頬に朱を走らせて顔をそむけた。

「きついことばかり申し上げたんですがね」

「それも嬉しかったのではないかしら。もう二年も会っていなかったんですってね？　それも、二年前の立太子式のときはろくに話もせずに帰ってしまったとか……。たまに手紙を寄越《よこ》したかと思えばそっけない報告ばかりで、切ながっていらしたわ」

「国境の状況報告は辺境を預かる身としての義務です」

堅苦しくエーリクは答えた。

「近況報告くらいしてもいいじゃない？」

「だからしてますよ」

「国境じゃなくてあなたの、よ！」

王妃は憤慨したように眉を吊り上げた。

エーリクはそわそわと腰を浮かせた。

「俺はちょっと馬を見てきます。どうも脚の具合がよくないようで……」

逃げるように彼が出ていき、初顔合わせの姑《しゅうとめ》といきなりふたりきりにされてクラリサがどぎまぎしていると、軽やかに王妃は笑った。

「見え透いた言い訳なんかして。……エーリクはね、陛下に対してよそよそしいというか……距離を置いているの。昔から」

ふ、っと王妃の表情が曇る。

「仕方がない、ことなのだけど……。わたくしとエーリクが、こちらの離宮へ移ったいきさつはご存じ？」

「療養のため……と伺いましたが」

「ええ、そう。そしてわたくしたちが療養中に陛下はエルメンガルト王妃を娶られた。宰相の強い勧めで。それをエーリクは怒っているの。わたくしをないがしろにした、と」

すでに妃がいるのに新たな妃を娶るのは、重大な理由と教会の許可がいる。どちらも宰相が手を回したのだろうが……。

妻と息子が病気療養中というのに新たな妃を娶り、しかもそちらを正妻扱いとした。エーリクが腹を立てるのは当然だ。

「でもね。一方的に陛下を責めるのは酷だと思うのよ。陛下の御立場《おたちば》を考えると……。陛下が宰相の強く推す女性を妻に迎えたのは、わたくしたちを守るためだったのだもの」

「どういうことですか……？」

驚いて尋ねるとレナーテ王妃は一転して少女めいた笑みを浮かべた。

「物事は収まるべきところに収まるものよね。あなたの婚約相手はもともとエーリクだったのよ」

「え……えぇっ⁉」

「それよりあなた、陛下にニワトコの花のコーディアルを差し上げていたんですってね？」

「えっ？　ええ……はい……」

さっと躱《かわ》されてしまい、混乱しながら頷く。

「とても美味しくて、身体にもいいと陛下が仰っていたわ。わたくしにもいただけないかしら？」

「あの……実はひとつお持ちしたのですが。もしもお気になさらないのであれば」

「何を気にするの？」

きょとんと尋ねた王妃は、ああと頷いた。

「毒のことね？　でも毒が入っていたのはコーディアルではなくワインだったのでしょう？　あなたはまったくの濡れ衣だったのだから、気にするわけないじゃない」

控えていたナディーネにコーディアルを持ってきてもらうと、王妃はさっそく味見をして、美味しいと喜んだ。

王妃は自ら立って城の中を案内してくれた。クラリサに用意された部屋からは美しい森と湖を眺めることができる。クロイツァー城とはまた違った絶景だ。

王妃は私室で少し休むというので、クラリサは召使の案内で厩舎へ行ってみることにした。

馬の脚がどうのというのは言い訳だったらしいが、エーリクは厩舎の前で壮年の厩番と親しげに喋っていた。騎士たちも近くにいる。

「クラリサ。置き去りにしてすまなかった」

「大丈夫です。王妃様と楽しくお話しさせていただきました」

「母上は？」

「お部屋で晩餐までお休みになるそうです」

「そうか。では、湖の周りをぐるっと散歩でもするか」

早速馬が用意され、エーリクと二人乗りして散策に出かける。

「あの、エーリク様。先ほど王妃様が、不思議なことを仰っていたのですが……」

「なんだ？」

「わたしのもともとの婚約者は……エーリク様だった、と」

エーリクは黙り込み、馬の蹄《ひづめ》の音だけがのんびりと響く。

「そのとおりだ」

ぼそりと彼が答え、クラリサは目を丸くした。

「ど、どういうことなのでしょうか。わたしは物心ついた頃から、将来の結婚相手はアードルフ殿下だと聞いていましたけど」

「ややこしい事情がある。どこから話せばいいか……」

彼は馬を進めながらしばし考え込んだ。

「俺は七歳頃まで実質的に世継ぎとして扱われていた。その頃は俺しか王子がいなかったからな。しかし……それをよく思わない連中もいた。母親の身分が低すぎる、と」

「そんな……」

「母は男爵の娘だ。由緒正しい家系だが、家臣のなかには爵位の序列にこだわる輩も多い。主にヒルシュ男爵よりも歴史が浅くて爵位が高い奴だ。要するにやっかみだな」

現国王ヨシュカは世継ぎではなく、身内に不幸が続いた結果として即位することになったという経緯がある。

「父が世継ぎだったらそもそもクロイツァー城へ赴任してこないし、そうすると当然母とも出会わなかったわけだ。先代国王と王太子が亡くなって父に王位が回ってきたとき、すでに父は男爵令嬢と結婚し、俺も生まれていた。おそらくそのままであれば平穏な人生だったろう」

しかし、ヨシュカは国王となり、辺境伯夫人だったレナーテはマグダレナ王国初の男爵家出身の王妃となった。

「顔をしかめる者もいたが、それでもまぁ幸せだったと思う。即位前後の混乱を狙って隣の国がちょっかいを出してきて、父はあやうく捕虜になりかけたが、クラリサの祖父のおかげで危機を免れた。その感謝のしるしとして『孫娘を世継ぎの花嫁にする』と約束したわけだ。そのとき父が考えていた『世継ぎ』というのは――」

「エーリク様、なんですね……」

「アードルフはまだ生まれていなかったからな。エルメンガルトを娶る前の話だ」

国王が約束した時期をよく考えてみれば、誰を指していたのかは明らかだった。

しかし名前ではなく『世継ぎの花嫁』として約束したため、その世継ぎにアードルフが定められると自動的にクラリサの結婚相手も変わってしまったのだ。

「実を言うと、俺は生まれたばかりのあなたに会ったことがある」

「えっ⁉　全然覚えてません」

「生まれたばかりだからな」

「そ、そうですね」

「将来の結婚相手だと言われても、正直ピンと来なかった」

それはそうだろう。生まれたばかりの赤ん坊を、七歳かそこらの少年が『将来のお嫁さんだよ』と言われてピンと来るわけがない。

「……でも、かわいいと思った。ピンクの頬がぷにぷにしてて」

つんつんと頬を突つかれて赤くなる。

「あのときもこうして突ついたら、俺の指を摑んでキャッキャと笑ってな」

「……」

懐かしそうに嘆息され、どうにも照れくさくなってうつむいてしまう。

「『嫁』はよくわからなかったが、かわいいものだと思ったよ。……だが、それからまもなく俺と母は、ほぼ同時に病に倒れた」

ハッとしてエーリクを見ると、彼は眉根を寄せて呟いた。

「実際には病気ではなく、毒を盛られた。……病気であんなふうにはならない」

しかし伝染する可能性があると当時の宮廷医師が騒いだため、エーリクとレナーテ王妃は離宮に隔離された。

ふたりとも長くはもたないだろうと吹き込まれた国王は混乱し、心弱くなり……。

宰相に勧められるまま、とある副伯の娘だったエルメンガルトを第二妃として迎えてしまったのだ。

「王妃様は、陛下が二番めのお妃を娶られたのはエーリク様と王妃様を守るためだったと仰っていました」

「……そう、かもしれない。実際、エルメンガルトが王妃になると母はかなり持ち直した。さらにアードルフが生まれて俺の容態もよくなった。それでも全快するまでにはずいぶんかかった。そのあいだにエルメンガルトは宰相の後押しで正妃となり、アードルフが世継ぎと見做《みな》されるようになった。正式に立太子したのは二年前だが」

エーリクはしばらく黙って馬を進めた。

「……俺は、父のことを不甲斐《ふがい》ないとずっと責めていた。宰相の言いなりで、母を裏切って別の女を娶り、その女を正妃にして母を離宮で飼い殺しにしているのが許せなかったんだ。だから父が離宮に訪ねてきても会わなかった。父はそんな俺に無理強いしなかった。それもまた不甲斐なさの証のようで、さらに腹を立てた。母が父に対する恨み言をひとつも言わないのが不思議でならなかった。……だが、母の言うとおりかもしれない。父は俺たちを守ろうとして、宰相に屈したのかも」

「宰相はそれほどの力を持っているのですか」

「先王の代から政治を仕切っていたからな。いきなり国王になった父も宰相に頼らざるを得なかったのだろう。戦で捕虜になりかけたことで、さらに軽んじられたかもしれない。命の恩人であるヴァイスハイト伯爵は勇猛果敢な軍人で政治力もあったようだから、味方につけたくて孫娘を王太子の花嫁に……と考えたんじゃないかな。残念ながら伯爵は孫娘の誕生を見ずに亡くなり、後を継いだ息子は宰相に取り入って宮廷での出世をもくろむ腰巾着。父上の期待どおりにはいかなかった。——いや、すまん。あなたの父上を悪く言うつもりはないのだが」

「事実ですから。それにもう縁を切られています」

大丈夫ですよ、と微笑むと、エーリクは済まなげに小さく笑った。

「俺にとっては王太子になれなかったことよりも、あなたを妻にできなくなったことのほうがずっと残念だったな……。一度しか会えなかったが、あの小さなかわいい赤子はどうしているかと、たびたび思い出したよ。結局、俺は離宮で成人し、辺境伯位を与えられてそのままクロイツァー城へ向かった。王宮に戻ったのは二年前が初めてだ。アードルフの立太子式などどうでもよかったが、あなたとの婚約式はこの目で見届けなければ、と」

エーリクはじっとクラリサを見つめた。

「あのちいさな赤子が美しい女性になっていて驚いたよ。しかし、どう見ても幸せそうじゃない。婚約式の間もびくびくと怯《おび》えているのが手にとるようにわかった。アードルフはと言えば、獲物を前にした性悪猫みたいにニヤニヤしてる。危ぶんでいたら案の定、あなたにとんでもないことを」

「エーリク様のおかげで難を逃れました」

「だが、ショックで引きこもりになってしまっただろう？　可哀相なことをしたと悔やまれてならなかった」

「エーリク様のせいじゃありません。確かに凄いショックは受けましたけど……エーリク様に出会えたのはよかったと思うんです。ずっと気にかけていただいたばかりか、こうして大切にしてもらえて……。わたし、すごく幸せです」

クラリサは伸び上がってエーリクと唇を合わせた。

「物事は収まるべきところに収まるものだと王妃様は仰いました。国王陛下が最初に望んだとおり、わたしはエーリク様の妻になったんですもの。言うことなしですわ」

ふふっと笑って彼の胸にもたれる。

もう一度キスをして、エーリクは愛のこもった優しい瞳でクラリサを見つめた。

遠い日にも、彼はこんなまなざしを送ってくれたはず。

彼の指を摑んだというわたし。

覚えてはいないけれど……あのときわたしは運命に手を伸ばし、そして摑んだのだ。

そう、きっと――。

眠るクラリサの髪をそっと払い、長い睫毛がかすかに揺れるのをエーリクは惚《ほ》れ惚《ぼ》れと眺めた。

これほど愛しい存在は他にない。

何故かクラリサには本能的な庇護《ひご》欲を掻き立てられる。さらに、守るだけでなく独占したいという希求が激しく胸を焦がすのだ。

元来エーリクは容易に人を信用せず、執着心も薄い。幼い頃、召使に毒を盛られた経験から根深い人間不信になった。

エーリクとレナーテ王妃に毒を盛っていたのは小間使いだった。

彼女は献身的にエーリクたちを看病するふりをして、その実加減しながら毒を投与し続けていたのだ。

それを知ったのはエルメンガルトが王妃となり、アードルフが生まれた後のこと。

小間使いは問い詰めるエーリクを暖炉の脇に積まれていた薪《まき》で殴り倒し、逃亡した。

以来彼は親切面で近付いてくる人間に対して拒否感情を抱くようになった。母方の親戚であるヒルシュ一族とも打ち解けるのに時間がかかったのはそのためだ。

コンラートやカールのような側近にも、長いあいだよそよそしかった。信用されないことに憤慨して去っていった者も多い。

実の父である国王ヨシュカでさえ、ずっと敵視していた。彼にとって信頼できるのは母のレナーテだけだったのだ。

そんなエーリクが一貫して執着し続けた唯一の他人。それがクラリサだ。

彼にとってクラリサは『無垢《むく》』の象徴だった。

人間不信の裏には人を信じたいという強い欲求が潜んでいる。彼はその思いを一度しか会ったことのない赤子に集中させたのだった。

それは幻想だったかもしれない。だが、深く傷ついた少年には必要不可欠な幻想だったのだ。

穢《けが》れなきものが、この世には確かに在る。

そう思わねば心が干からびてしまっただろう。

時折彼は離宮を抜け出し、王都にあるヴァイスハイト伯爵の館をこっそり覗きに行った。

すでに伯爵は外に愛人を囲っており、伯爵夫人と娘のクラリサだけが少数の召使にかしずかれてひっそりと暮らしていた。

クラリサは無邪気な少女で、愛らしい言動を物陰から見ているだけでエーリクの心はなごんだ。

できることなら姿を現して話をしたかった。

だが、他人に弱みを見せまいと心を鎧っている少年は、それゆえひどく内気で含羞屋《はにかみや》だった。

恐れもあった。実際に言葉を交わしたら、この幻想が打ち砕かれてしまうのではないか……と。

自分が過度に少女を理想化していることを、聡い少年は自覚していたのだ。

勇気をふるって一度だけ姿を現したのは、母を亡くしたクラリサが修道院へ連れて行かれる直前だった。

少女は母の墓前で一心に祈っていた。今すぐ迎えに来てほしいと。

こんなあどけない少女が死を願っていることにショックを覚え、ついにエーリクは物陰から足を踏み出した。

幼いクラリサは少年のエーリクを、こともあろうに天使と思い込んだ。

「……天使はあなたのほうなのに、な」

彼は囁いて、指に巻きつけたクラリサの髪にキスした。穏やかな寝息をたてながら、ぐっすりと彼女は眠り込んでいる。

エーリクは手を伸ばし、枕元から銀のポマンダーを摘まみ上げた。

彼が渡した『お守り』を、彼女はずっと大切に持っていてくれた。

元々はエーリクが『魔除け』として母からもらったものだ。母は父と結婚するにあたって両親からそれを贈られた。

彼女がこれを身につけていることを、エーリクは二年前にアードルフの魔手から救ったときに偶然見たのだった。

そのとき痛烈に感じた。彼女を誰にも渡したくない、と。

いや、ずっと前からそう願っていたことを、初めて自覚したと言ったほうがいいかもしれない。

しかし彼女を奪うには時期尚早だということも、冷静で理性的な自分の一面が告げていた。クラリサは『世継ぎの花嫁』と定められた娘。アードルフが王太子である以上、彼女の合法的な婚約者はアードルフだ。

だが、父がそれを約束したとき念頭にあったのは自分なのだ。エーリクにはクラリサを花嫁に迎える正当な権利がある。

それを取り戻したい。

今の時点でそのような申し出をしたところで、相手にされないことはわかっていた。彼女を取り戻すには地歩を固める以外にない。

迂遠《うえん》に思えてもそれが最も近道のはず。

このまま攫って領地に連れ帰りたい気持ちを必死に抑え込んでクラリサを家に帰した。

アードルフを叩きのめしたいのも我慢して、意を尽くして諭した。

けっして好きではないが血を分けた弟ではあるし、この国の王太子だ。たとえ宰相に操られるだけの愚かな駒だとしても。

それを自覚して、奮起してほしいと願ったのは本当のことだ。

彼が心を入れ替え、勉学や武芸にまじめに取り組み、クラリサに優しくし、大切にするならば。もし本当にそうできるのなら……潔く身を引こう。

騎士としての愛を捧げるに留めよう。

その決意に偽りはないが、その一方で、どうせ無理に決まっているさと醒めた気持ちもあったのは事実だ。

それでも騎士としての矜持《きょうじ》から、どんな愚劣な輩にも一度は更生の機会を与えねばなるまいと思った。

同時にエーリクの冷淡で狡猾《こうかつ》な一面は、異母兄の説教に反発したアードルフがますます堕落していくことを予想していた。

そう……どうせなら自滅するほど腐ってしまえばいい。

結婚式までに奴が真に改心したならば引き下がる。そうでなければ誘拐してでもクラリサを奪い取る。

月日が流れるにつれて、奇跡は起こりそうにないことははっきりしてきた。

エーリクはクラリサを奪い取る計画をひそかに立てはじめたが、アードルフの腐り方はエーリクの予想を遥かに凌駕《りょうが》していた。

彼は結婚相手をクラリサの異母妹であるペルジネットに替えようとして、クラリサに国王毒殺の濡れ衣を着せたのだ。

ペルジネットと結婚したいのなら、ただそう言えば済んだはず。彼女もまた先代ヴァイスハイト伯爵の孫であることには間違いないのだから。

わざわざ騒ぎを起こしたのは、ペルジネットの差し金もあるのでは——とエーリクは見ている。

ペルジネットは異母姉のクラリサをひどく嫌っている、というより憎んでいる。

ただアードルフを奪ったのでは、彼を嫌っているクラリサに自由を与え、喜ばせるだけだ。だからアードルフを唆し、国王が常用している通風の薬を多量に飲ませた。

殺すつもりはなく、ただクラリサを陥れるために。

だが、コーディアルの保管場所がわからなかったので、ワインに入れた。

もしも宰相が計画に関わっていたら、こんなお粗末なやり口は取らなかっただろう。

殺意はなかったと思われるのは、性格的にアードルフが今すぐ国王になりたいとは毛頭考えていないはずだからだ。

国王ともなれば王太子よりも遥かに行動の自由は制限される。

大事な手駒である王太子の軽挙妄動の尻拭いをするはめになり、宰相はお粗末な計画を追認するしかなかったのだ。

クラリサの父伯爵は、娘に一片の憐憫《れんびん》さえ示さず、巻き込まれてはたまらないとばかりにさっさと縁を切ってしまった。

伯爵はふたりの娘のうちどちらかが王太子妃になれば、それでよかったのだ。

現夫人である後妻は無論自分の産んだペルジネットを王太子妃にしたかったから、縁切りはむしろ大歓迎だろう。継子に遺産が行くことも阻止できる。

（クラリサにはつらい思いをさせてしまったが……事件のおかげで正式に辺境伯夫人として迎えることができた）

いざとなれば略奪もためらわなかったとはいえ、合法的に結婚できたほうがいいに決まっている。

クラリサが投獄されたと知ったときにはさすがに焦った。そこまでアードルフが浅はかだとは思わなかった。

（俺もまだまだ甘いな……）

報告が届いたのがちょうど国境の見回り中だったため、駆けつけるのが遅くなったのは本当に冷や汗ものだった。

冤罪であることを宰相が知っていたため、拷問にかけられずに済んだのは不幸中の幸いだったが、底冷えのする冬の牢獄に捨てておいたことは今でも許せない。

(良心のかけらもない奴だ。いずれきっちり返礼してやる)

いらぬ苦労をかけた詫びの気持ちもあって、クラリサにはひたすら甘くなってしまう。

そんなエーリクをクラリサはかわいらしくたしなめたりするのだ。

そうするとますますかわいくなって、溺愛が加速してしまう。

大人になってもクラリサは無垢で純粋だった。

エーリクにとって彼女こそが天使だ。

彼女と初めて会ったとき、自分もまだ純真な少年だった。そのまま素直に成長できたらどんなによかっただろう。

きっと、今よりずっと彼女にふさわしかったに違いない。

だが、冷酷で狡猾になってしまった自分のことを彼女はまっすぐに見つめ、愛を告げてくれた。

思慕に満ちたその瞳を見ていると、心が洗われるような気分になる。

初めて出会った頃の自分が持っていた少年らしい正義感や潔癖さが、みずみずしくよみがえってくる気がするのだ。

「クラリサ。あなたは俺の宝物だ。初めて会ったときから、今も、これからも、ずっと」

真摯に囁いて、エーリクは愛する妻を抱きしめた。

眠りながらクラリサが胸に頰をすり寄せてくる。

そのぬくもりと鼓動を間近に感じながら、しみじみとエーリクは幸福感に浸った。

†

一方その頃、王都では——。

宰相が渋い顔で王太子アードルフと面談していた。

アードルフはだらしなく長椅子にもたれ、面倒くさそうに宰相を見やった。

「わざわざ呼び出したりして、なんの用だ。万事おまえに任せると言ってあるだろ」

王城の一角にあるアードルフの私室。主が帰って来たのは久しぶりだ。

結婚して一月も経たぬうちに彼は王都郊外に贅沢な屋敷を購入して移り住み、以来もっぱらその館で妃のペルジネットとともに遊興三昧《ゆうきょうざんまい》の日々を送っている。

「殿下の暮らしぶりについて、好ましからざる評判が流れているようでしてな。重鎮の貴族たちからも苦情が出始めております」

「苦情だと？　臣下の分際で生意気な」

「殿下の歳費も、このところ少々かさんでおりまして」

「結婚したんだ。歳費が増えるのは当然だろう」

「それにしても増えすぎなのでございますよ。妃殿下のドレスやら宝飾品やらの請求書に、財務官が目を回し――」

「王太子妃が着飾って何が悪い？　ペルジネットは次代の王妃なのだぞ。貧乏たらしい格好などさせられるか」

「けばけばしく飾りたててはかえって下品でございましょう。眉をひそめる貴婦人も多いとか」

「母上もご不興なのか？」

「いえ、そういうわけでは……」

宰相は言葉を濁した。

エルメンガルト王妃は不興と言うより嫁に対抗心を燃やして張り合っている。

そのせいで王妃の歳費まで跳ね上がり、このままでは国家予算を食いつぶされそうな勢いだ。彼女はもともと見栄《みえ》っ張《ぱ》りの贅沢好みの上、とことん息子に甘い。

「予算が足りないなら増税すればいい」

「王族の遊興費を確保するための増税など陛下がお許しになりません」

「無理を通すのがおまえの仕事ではないか」

「私も反対です」

宰相はぴしゃりと言った。

「そもそも殿下の歳費は先の事件により半分に減らされているのですよ。それを私が手を回して以前と同額になるよう補塡《ほてん》しているのです。これが陛下に知られれば私は横領罪、いや下手をすれば国家反逆罪に問われかねません。その点をお忘れなく」

「お、俺は知らん！　毒を盛ったのはクラリサだ！　父上に取り入って、俺に罪をなすりつけたんだ」

顔を真っ赤にして支離滅裂な言い訳をする王太子を、宰相は冷ややかに眺めた。

アードルフがペルジネットにそそのかされ、通風薬に用いられるイヌサフランをワインに混入したことはすでにわかっている。

だが、宰相にはふたりを処罰することができなかった。国王が倒れるや否やアードルフはクラリサが国王に毒を盛ったと決めつけて投獄してしまったのだ。

クラリサの父伯爵は宰相が何も言わないうちから『あれとはすでに縁を切った、もううちの娘ではない』などと言い出す始末。

真相を暴いたところでひとつも益《えき》はない。正義を行なえば断罪されるのはアードルフなのだから。

ヴァイスハイト伯爵一家などどうなっても知ったことではないが、アードルフを失うわけにはいかない。彼は国政を恣《ほしいまま》にするための大事な手駒だ。

宰相は国王ヨシュカが即位したときから手綱を握ってきた。思わぬ即位をすることになったヨシュカは政治に疎く、宰相は思うさま腕を振るうことができた。

そのうちに彼の中で奇怪な主従逆転が生じた。真に政治を動かすべきは有能な自分であり、無能な国王はただそれを承認すればよいのだ……と。

しかし、お人好《ひとよ》しのヨシュカ王はともかく、エーリク王子は邪魔だった。彼はまだごく幼い頃から天性の犀利《さいり》さ、聡明さを発揮していた。

彼の背後にいるヒルシュ一族も鬱陶しい。

爵位こそ低いものの、ヒルシュ男爵はマグダレナ王国が成立する前から存在する有力豪族で、王国内に組み入れられた今でも独立不羈《ふき》の気概が強い。

すぐ隣に王家ゆかりの辺境伯領があるのも、もともとは監視のためだ。

その男爵家の娘を、辺境伯だったときにヨシュカは娶っていた。

国の安定のためには喜ばしいことだが、国王の姻戚として政治の場にしゃしゃり出てこられてはたまったものではない。

レナーテ王妃とエーリク王子は早急に排除しておくべきだ。そう決意した宰相は、とある女をレナーテの小間使いとして送り込んだ。

下級貴族の娘だが実際には養女で、どうやら愛人だったらしい。

その貴族が頓死すると、宰相は娘に頼まれて遺産をほぼ独占できるよう図ってやった。

その礼として、いつでもお役に立ちますよと娘は囁いた。

自分は毒薬を扱うのが得意だから……と。

いくら美女でも恐ろしくて手を出す気にならなかったが、よい手駒にはなりそうだと思った。

小間使いとしてレナーテ王妃に仕えることになった女は、首尾よくふたりを寝込ませてくれた。

そして宰相は、ふたりの容態は絶望的だと国王と教会に信じ込ませ、配下の副伯の娘だったエルメンガルトを娶らせることに成功した。

男爵より上とはいえ、さして身分の高くないエルメンガルトを選んだのは、王妃にしてやったと恩を着せ、影響力を強く及ぼせる相手だったからだ。

毒を盛っていたことをエーリクに覚《さと》られた小間使いは行方をくらまし、次に会ったときには伯爵の後妻に収まっていた。

国王はレナーテとエーリクを離宮に留め、エルメンガルトを正妃とすることに同意した。目的は達したと見做した宰相はふたりを捨て置いた。別に憐《あわ》れんだわけではなく、万が一の予備としてだ。さすがに王統を絶やすリスクは犯せなかった。

マグダレナの王族は数が少ない。特に直系は男子ばかりで、ここ数代ひとりも王女が生まれていない。やむなく準王族である公爵令嬢を他国へ嫁がせている状況だ。

エーリクを始末した後でアードルフに死なれたりしたら、新たな王子を得るのは難しい。

ヨシュカとエルメンガルトの仲は冷えきっている。

そうなれば王統は傍系に移ってしまい、宰相が幅を利かせることが難しくなる。権勢を振るう宰相を準王族たちが疎んじていることはわかっていた。

政治を私物化していると言っても宰相は別にマグダレナ王国を潰したいわけではなかった。自分の思うままに国政を動かしたいのである。

可能ならば自ら王位に就きたいのだが、宮中伯の身分ではどうがんばっても無理なので、政治の実権を握ることでがまんするしかなかった。

自分に娘がいれば、ヨシュカかエーリクに嫁がせたのだが、宰相には娘も息子もいなかった。子どものできない体質のようだ。そのためよけいに権力に固執した。

エルメンガルトが産んだ子を傀儡の王として、自分が実権を握ってやるのだ。

国王は、実子であるアードルフはともかく、エルメンガルト妃と私的に会うことはほとんどない。宰相のごり押しで王妃に迎えたものの、最初から好いてはいなかったのだ。

ヨシュカ王にとっては離宮のレナーテ王妃こそが妻なのだった。

当てつけのようにエルメンガルトは贅沢をし、アードルフを甘やかした。レナーテ王妃に嫌がらせをして鬱憤《うっぷん》を晴らすこともたびたびだった。

アードルフは宰相にとって理想的なドラ息子に育ってくれた。政治にはなんの関心もなく、自己中心的で残忍な、幼児的性格の持ち主だ。美点はないに等しいが、顔立ちだけは素晴らしく整っているので、一見素敵な王子様に見える。

それで充分。公的な場で王太子らしく振る舞ってさえくれればいい。

しかし――。

(最近のアードルフ様は少々手に余るようになった)

ペルジネットとの結婚は、やはり失敗だったかもしれない。相性はよくても、とんでもない暴走夫婦だ。どちらも馬に鞭《むち》を振るうだけで、けっして手綱を引こうとはしない。意のままに操るために贅沢をさせるのは必要経費だが、それにも限度がある。

(そろそろ首のすげ替え時かもしれないな)

冷淡に宰相は考えた。

ペルジネットが男児を産めばアードルフなどいなくてもかまわない。宰相は彼個人にはなんの思い入れもなかった。はっきりいってどうしようもない阿呆《あほう》だと見下げている。

しかし、たとえ息子が生まれても幼少のうちにアードルフに死なれては、エーリク王子が出張ってくる恐れがある。なんとしてもそれは避けたい。

まずはこの馬鹿王子を自分の目の届くところに置かなければ。

「――殿下。ともかく王宮へお戻りください」

「いやだね。俺も妃もあの屋敷が気に入ってるんだ。いつでもパーティーを開けるし、気兼ねなく騒げるからな」

「そのパーティーにも近隣から苦情が出ておりまして。いかがわしい集まりが夜な夜な行なわれている、と」

「ただの仮面パーティーだ。いかがわしくなどない。招待してるのは知り合いだけだし」

「その知り合いが知り合いを連れてきたら、誰が来ているのかわからないでしょう。侍従が言うには娼婦《しょうふ》も来ていたようだと」

「俺が呼んだんじゃない」

アードルフは頑として言い張った。責任回避は彼の得意技だ。

「賭博も行なわれているそうですな」

「別にいいだろ！」

「殿下の借財を肩代わりしている私の身にも少しはなっていただきたい。王宮にお戻りいただけない場合、歳費の補塡は中止します。借金の肩代わりもいたしませんし、もちろん妃殿下の請求書も一切受け付けません」

「お、脅してるのか⁉」

「王宮へお戻りくださいとお願いしているだけです。このままでは、いずれご乱行が国王陛下のお耳にまで届くでしょう。先の事件もある。陛下は温厚な方ですし、波風立てることを好まれませんが、本気で廃太子をお考えになり始めるやもしれませぬなぁ」

宰相は薄笑いを浮かべた。

首をすげ替えようと考えているのは自分なのに、矛先がこちらへ向かないよう国王を持ち出す。

「は、廃太子だと⁉　俺を廃するというのか⁉」

「陛下は何よりもマグダレナ王国の行く末を案じておられますゆえ」

したり顔でうそぶくと、単純なアードルフはたちまち蒼白になって、黄金のイヤリングを着けた耳たぶをむやみに引っ張り始めた。

王太子としての責任感は皆無なくせに地位にだけは異様に執着している。

アードルフは王国の行く末には一切頓着していない。贅沢三昧をして、怠惰で享楽的な日々を送れればそれでいいのだ。

「もしかすると、エーリク殿下を呼び戻されるおつもりかもしれません。先の事件の折り、陛下はエーリク殿下としきりに密談しておられましたから」

「なんだと⁉　あの野郎、俺を蹴落とすつもりか⁉」

「恐れながら自業自得というものでございますよ。殿下のなされたことは弑逆に等しい大罪なのですぞ」

「俺は知らん！　俺がやったんじゃないっ」

強硬にアードルフは言い張った。幼稚な性格がすっかり剝き出しだ。

「宮廷医師の手違いということで収め、私の説明に陛下も納得されました。しかし、うすうす真相に気付いておられてもおかしくない」

「あの野郎だな⁉　あの野郎が俺の仕業と吹き込んだんだ。俺を蹴落として自分が王太子になるつもりなんだ！」

「エーリク王子は長子ですからね。野心があって当然でしょう」

「そんなことは許さん！　王太子は俺だぞ！」

「ですから王宮へお戻りくださいと言っているのです。やましい気持ちがあるからこそ王宮を離れたのだと陛下はお考えかもしれません」

「そ、そんなことは……」

うろたえるアードルフを見ると、どうやら図星らしい。

罪をなすりつけたクラリサがエーリク王子によって救出されてしまったので、知らぬ存ぜぬを押し通していても根が小心者ゆえ泰然《たいぜん》としていられないのだ。

いや、臆病だからこそむやみと威張り散らすのだろう。弱い犬がキャンキャン吠《ほ》えたてるのと同様に。

「殿下が以前と同じように王宮で堂々としておられれば、陛下の疑念も消えますよ」

「そ、そうか。……うん、それもそうだな。しかし、屋敷を手放すのは厭だな。ペルジネットも気に入っている。去ると言ったら機嫌を悪くするだろう」

「手放す必要はございません。別邸としてたまに遊びに行かれるくらいなら問題はないでしょう」

「いいのか？」

アードルフはホッとした顔になった。

「では早速明日にでもこちらへお戻りください。よろしいですね？　これは殿下の王太子としての地位を無駄に揺らがせないために必要な措置なのですよ。妃殿下にもそこのところをきっちりお伝えください。屋敷に居座るおつもりなら、歳費の補塡も請求書の支払いも一切いたしません」

「わかったよ！　戻ってくれればこれまでどおりにしてくれるんだろうな？」

「よろしいですとも」

宰相は鷹揚《おうよう》に微笑んだ。

この暴走夫婦を目の届くところに置けるなら安いものだ。怪しげな連中の金づるにされるのも防げる。


とりあえず宰相を満足させ、アードルフは屋敷へ直行した。

王宮へ戻らねばならないと聞いた途端、ペルジネットは不機嫌になった。

「いやだわ、わたし。王宮って窮屈なんですもの。大勢に見張られて息が詰まりそう。古顔の女官は偉そうだし、王妃様のご機嫌を窺わなきゃいけないし」

「気に食わない女官なんぞクビにしちまえ。母上は適当にあしらっておけばいい。仕方ないだろ。この屋敷はそのままにしておいていいんだ。好きなときに遊びに来られる」

「ならいいけど……」

しぶしぶ頷いたペルジネットは、媚《こ》びるようにアードルフにすり寄った。

「それより……エーリク王子の動向が気になるわ。本当に王太子の地位を狙っているのかしら……」

「冗談じゃない。奴ごときにこの地位を奪わせてなるものか！」

アードルフは鼻腔《びこう》を膨らませ、憤然と息巻きながら耳たぶを引っ張った。

彼は異母兄に対し、優越感と劣等感を同時に抱いている。ペルジネットはそこを巧妙に刺激したのだ。

離宮暮らしのエーリクとは一切顔を合わせることなく成長したため、アードルフは母から吹き込まれたとおり、異母兄のことを下級貴族の娘が産んだ取るに足らない存在と軽んじていた。

しかし、二年前の出来事で彼の根拠のない優越感は粉砕された。

婚約式を済ませたばかりのクラリサを手込めにしようとして、立ちはだかったエーリクに完全なる敗北を喫《きっ》したのだ。

立太子式で生まれて初めて顔を合わせた異母兄は、それまで勝手に抱いていたイメージとはまったく異なっていた。

美丈夫という形容がぴったりの精悍な騎士で、背丈も体格もアードルフを遥かに凌駕していた。

主役の立場を不当に奪われたと感じ、アードルフは異母兄に強い敵愾心《てきがいしん》を抱いた。

婚約式の後でクラリサをものにしようとしたのを邪魔されると、敵愾心に怨恨《えんこん》と憎悪が加わった。

自分より劣った身分のくせに、頭ごなしに叱りつけ、冷ややかに見下すとは、どういう了見だ⁉

エーリクに見下ろされるのは単なる身長差以上に気に入らない。軽蔑されているように感じてしまう。

自分が張りぼてにすぎないという不都合な真実を、いやでも突きつけられる。

憎悪は劣等感の裏返しだったが、アードルフは自分が異母兄に劣等感を抱いていることを絶対に認めなかった。

徹底的に否定するためにエーリクの悪評を振りまいた。冷酷で残虐な、悪魔のような奴だと皆に思い込ませたかった。

根も葉もない悪意の噂を宮廷雀たちは面白がって広めてくれた。エーリクが宮廷人とほとんど交流を持たずに領地へ戻ってしまったので、好奇心を満たせていなかったのだ。

おもしろおかしく誇張した『悪魔のごとく残酷な辺境伯』の噂は、エーリクを実見する機会を得られなかった貴族たちを喜ばせた。

いつのまにかエーリクは『悪魔公』と呼ばれるようになっていた。

それまで輪郭も定かではない謎の人物だった第一王子は、辺境に巣くう悪魔という低俗なイメージで語られるようになった。

それはアードルフを大いに満足させた。気に障る異母兄が怪物的イメージで語られるのを聞くのは実に爽快だった。

なのに奴はクラリサの危機にふたたび駆けつけ、自分の妻として連れ帰ったのだ。

別に惜しいわけではないが、捨てたとはいえ一度は婚約していただけに、妙におもしろくない。

どうせなら投獄しているあいだに辱《はずかし》めてやればよかった……と、エーリクが知ったら八つ裂きにされかねない下卑た考えをアードルフは思い浮かべた。

しかしクラリサは、アードルフがエーリクを嫌うのと同じくらいに彼女を嫌っているペルジネットによって、ずいぶん前から悪評が流されていた。

悪魔公が悪女を娶った、と宮廷雀が盛大にさえずってくれたので、アードルフもペルジネットも気分がよかった。

どのみち奴らは二度と王都へ来ることはない。そう、高をくくっていたのだが。

「……マグダレナの王太子は俺だ。俺なんだ」

「ええ、そうよ。この国の王太子はアードルフ様。誰にも奪わせてはだめ」

ペルジネットはねっとりと囁いた。

「渡さない。王太子の地位は絶対に渡さないぞ」

憑《つ》かれたようにアードルフは繰り返した。エーリクの冷ややかな目付きを思い出すだけで、むらむらと憎悪が沸き立ってくる。

「くそっ、邪魔ばかりしやがって！」

「邪魔者は、さっさと始末すべきよ」

ペルジネットの囁きは毒花の蜜が滴るようだ。彼女はすでにがっちりとアードルフの手綱を握っており、好きなように鼻面を取り回すことができた。

彼を操るのは造作もない。状況に応じて優越感と劣等感を刺激してやればいいのだ。

ペルジネットにとってアードルフは男の格好をした財布だった。

財布の見てくれもそれなりに気に入ってはいるが、大事なのは中身であり、いつでも好きなだけ引き出せなければならない。

その妨げになりそうなものはすべて排除する。

エーリク王子の容姿にはちょっと惹かれたし、あれほどの美男子が憎たらしいクラリサの伴侶になるのは気に入らなかった。

だがまぁ仕方がない。王太子妃になりたいのなら、アードルフが嫌っているエーリクに粉をかけるわけにはいかない。

とはいえやっぱり気に入らないという思いは根深くあった。

エーリクが死ねばクラリサは庇護者《ひごしゃ》を失う。正式な妻であっても、辺境伯の地位は継げない。

クロイツァー辺境伯は直系王子が務めることになっているから、エーリクに息子がいようといまいといずれは甥に地位を譲らなければならないのだ。

甥というのはもちろんペルジネットが産む子のひとりだが、そんな悠長に待つつもりは毛頭なかった。さっさとエーリクを始末してクラリサを路頭に迷わせてやる。

聖女づらした異母姉を陰湿に苛めるのは、ペルジネットの最大の楽しみだった。

「始末したいのはやまやまだが、そうは言ってもな……。国境で戦争でもあれば、どさくさまぎれを狙う手もあるんだが」

いかに軽率なアードルフでも、他国との戦争を引き起こすのは気が進まなかった。

今は一触即発という状況ではないので、火をつけるにも手間がかかるし、第一あれこれ手だてを考えるのが面倒くさい。

ふつうなら宰相に丸投げするところだが、さすがに王族の暗殺は許可しないだろう。

かといって他に相談できる相手もいない。

アードルフは気付いていないが、宰相は自分の他に頼れる人物が出ないよう、常々心を配っていた。

彼の周囲にいるのは無責任な遊び友だちだけで、妻のペルジネットは宰相以外の初めての相談相手、それもおそらくは最悪の相談相手だった。

「あら。わざわざ戦争を起こす必要なんてないわ。エーリク王子を殺して、それを隣国の仕業に見せかければいいのよ。お金で暗殺者を雇うの」

けろりとした顔でペルジネットは言った。

「暗殺者なんて知ってるのか⁉」

「知らないけど、渡りをつけられそうな人なら知ってるわ。相談してみる」

「宰相にバレないかな」

「大丈夫、口は固いから」

自信たっぷりに請け合う妻を、アードルフは頼もしそうに眺めた。

第六章　対決

アードルフたちが陰謀を巡らせていることなど知る由もなく、クラリサはクロイツァー城で穏やかな日々を送っていた。

夫婦仲のよさは周囲が羨むほどで、その噂が届いたのか、これまであまり交流のなかった貴族からの招待状も舞い込むようになった。

「どうせ好奇心からだろう」

醒めた言い方をして、エーリクはふと首を傾げた。

「行きたいか?」

「どうでしょう……。お付き合いはちゃんとしたほうがいいですよね」

「無理に付き合う必要はないぞ」

クラリサは考え込んだ。

城の人々やヒルシュ男爵家の人々と話すだけでも充分楽しい日々ではあるのだが……。

ふとクラリサは、書簡のひとつをエーリクが熱心に見ていることに気付いた。

「それも招待状ですか？」

「ああ、騎馬試合《トゥルネイ》を開くので来ないか、と。今まで手合わせしたことのない相手だ」

　エーリクは根っから武人の騎士なので、関心を持って当然だ。騎馬試合《トゥルネイ》は訓練の成果を披露する場として、あちこちで頻繁に開かれている。

　招待状がなくても、正規の騎士身分であれば大抵は飛び入りで参加可能だ。

　結婚祝いのときも行なったし、後日ヒルシュ男爵家でも開かれて応援に出かけた。

　結婚祝いでは飛び入りはなかったが、ヒルシュ男爵家の催しでは何名か遍歴《へんれき》の騎士が参加していた。

「エーリク様が出たいのであれば、それに行きましょう」

「いいのか？」

「はい。見物しながら社交もできますから」

「そうだな。では参加すると返事を書こう」

　しかつめらしい顔をしながらエーリクは嬉しそうだった。やはり騎士としては心が踊る誘いなのだ。

　数日後、エーリクは精鋭の騎士を率いて出発した。クラリサとローデリカ、ナディーネも同行する。

　招待主はいくつかの城市《まち》を支配下に置く、羽振りのよさそうな伯爵だった。

三日間続く試合のあいだは持ち城に滞在させてもらう。

クラリサが見た中ではもっとも大規模な試合で、団体戦《メレー》も行なわれる。

試合開始の前日、すでに会場には色とりどりの天幕が並び立ち、見物人も集まり始めていた。

食べ物や様々な雑貨を扱う屋台のあいだを大道芸人が芸を披露しながら練り歩く。

鍛冶屋の出張所の隣には武器屋が店開きしていた。

「あっ、これ素敵〜！」

ローデリカは目を輝かせ、早速手頃な剣を手にとって振り始める。

「いらっしゃいませ」

聞き覚えのある女性の声に振り向くと、美貌の女商人が笑顔で佇んでいた。

「カサンドラさん」

「殿下、奥方様。お久しぶりでございます」

カサンドラはうやうやしく腰をかがめた。

「商売熱心だな」

「騎馬試合は稼ぎ時ですから」

「カサンドラさんは武器も扱うのね」

「はい。父は鍛冶屋だったとお話ししたかと思いますが、実は刀工で……なかなかよい剣を打ったのですよ」

誇らしげにカサンドラは微笑んだ。

エーリクが彼女と武器を見ながらあれこれ談義し始め、クラリサはそっと離れた。

武器のことは何もわからないから、邪魔になってはいけない。

手持ち無沙汰に眺めていると、ふいに後ろから声をかけられた。

「お似合いですよね」

「えっ？」

振り向くと、ローデリカと同年代の少女が奇妙な光を湛えた瞳でクラリサを見据えていた。いつもカサンドラの側で手伝っている少女だ。

名前は確か……シビラ。

「本当にお似合いのおふたりだと思いません？」

挑みかかるように問われ、クラリサはとまどった。

「エーリク殿下とカサンドラさんのこと？」

「もちろん」

悪びれもなく少女は頷いた。

何度も顔を合わせているのだから、クラリサがエーリクの妻であることを知らないはずはない。

にもかかわらず、自分の女主人とエーリクがお似合いだと、妻の前で公言する意図がわからなかった。

怒るよりも当惑して、クラリサはまじまじと少女を眺めた。

「殿下はもともとうちの奥様がお好きだったんですよ。うちの奥様と結婚したいと思っていらしたんです。あなたではなく」

クラリサの当惑をどう捉えたのか、少女は自信満々に言い切った。

「……そうなの？」

ひょっとして喧嘩《けんか》を売られているのだろうか。

しかし何故、今。

クラリサがエーリクと結婚してもう半年以上になるのに。それともただふたりで話す機会がなかっただけ？

クラリサの反応の鈍さに、少女のほうがムッと眉をひそめる。

「わたし、聞いたんですよ。王都の知り合いから。奥方様って、とんでもない猫かぶりだったんですね。本当はお世継ぎの許嫁だったのに、破廉恥な行状で破談になったとか」

「……！」

顔をこわばらせると、少女はにんまりした。

「殿下もお気の毒だわ。そんな悪女を娶るはめになるなんて」

「……誤解よ」

漸う言い返したが、少女は軽蔑もあらわにせせら笑った。

「殿下にはうちの奥様のほうがずっとふさわしいわ。身分さえあればとっくに結婚していたはず。世の中って本当に不公平よね。どんなにふしだらでも貴族というだけで王子様に嫁げちゃうんだもの」

「――ちょっと。誰がふしだらですって？」

怒気をはらんだ声で言い返したのは、いつのまにか側に来ていたローデリカだった。

彼女はクラリサの前に出ると腰に手を当ててシビラを睨みつけた。

「うちの奥方様のことだとしたら、聞き捨てならないわね」

「何よ、あんただって以前は殿下にまとわりついてたくせに。全然相手にされてなかったけど」

シビラは冷笑しながら言い返した。

同世代ゆえか、ローデリカを自分と同じ召使と見做しているのか、まったく遠慮がない。

「うっさいわね！」

真っ赤になってローデリカは怒鳴った。その声に、エーリクたちが気付いて戻ってくる。

「どうした？　何かあったのか」

「いえ、何も」

クラリサは急いで取り繕ったが、ローデリカとシビラは剣呑《けんのん》に睨《にら》み合《あ》ったままだ。

「何をしているの、シビラ。失礼でしょう。ローデリカ様は男爵家のご令嬢なのよ」

女主人にたしなめられると、シビラは小馬鹿にしたような薄笑いを浮かべて慇懃《いんぎん》無礼《ぶれい》に頭を下げた。

「失礼いたしました」

カサンドラがシビラを連れて去ると、改めてエーリクはローデリカを質《ただ》した。

「何があった？」

「ただの口喧嘩《くちげんか》です。あの子とは以前からよく喋ってたので……」

「それだけか？」

「はい」

ローデリカの頑《かたく》なな表情に、エーリクは肩をすくめた。クラリサとしても、わざわざエーリクの耳に入れたいことではない。

彼はクラリサの『悪評』を知っているが、それをシビラがどこからか聞きつけて持ち出したことを知れば、ひどく立腹するかもしれない。

それでカサンドラとの取引に支障が出るようなことになっては困る。

宿泊場所の城に引き上げ、居室に落ち着くと、申し訳なさそうにローデリカが謝った。

「すみません、奥方様。あの子が失礼なことを言うから、ついムカついちゃって」

「どこから聞いてたの？」

「えっと……。世の中は不公平だ、とか言ってたあたり……？　奥方様のこと非難してるみたいに聞こえたもので」

「非難って、なんて言ってたの？」

部屋で留守番をしていたナディーネが憤慨したように質し、ローデリカは答えに窮した。

「それは、その……。ふ、ふしだら……とかなんとか」

「誰がふしだらですって⁉」

案の定、ナディーネは憤激して眉を吊り上げた。

「わ、わかってるわよ！　奥方様がそんな人じゃないってことは！　だから喧嘩になったのよ」

「そういうことならやむを得ませんわね」

腕を組んでしかつめらしくナディーネは頷いた。

クラリサは考え込みながら呟いた。

「……シビラは言ってたわ。エーリク様は本当はカサンドラさんと結婚したかったんだって」

「なんですって⁉　それは本当なの⁉　ローデリカ！」

ナディーネがぎょっとしたように叫び、ローデリカは慌てた。

「そんなの、あの子の思い込みですよ！　そのぅ……わたしがエーリク様と結婚するって言い張ってた頃の話なんです。あの子はそれを聞くと、エーリク様が好きなのはうちの奥様だって言い出して、どっちがエーリク様と結婚するかでくだらない言い争いを何度もしたんです。わたしよ、いいえうちの奥様よ、って」

「何それ……」

ナディーネが目を点にする。

「シビラはカサンドラのことをすごく尊敬してて。贔屓の引き倒しというか、心酔しきってるんです」

「カサンドラさんは素敵な女性だとわたしも思うわ。美人だし、有能だし」

「恋敵を褒めてどうするんですか、奥方様……」

呆れたようにナディーネに溜め息をつかれ、クラリサは首を傾げた。

（恋敵……なのかしら？　本当にそうなら――）

「――敵いそうにないわね、わたしじゃ」

「奥方様!?」

「諦めてどうするんですかっ」

ふたり揃って涙目で取りすがられてしまう。

「諦めるというか……。エーリク様はカサンドラさんを信用していらっしゃるけど、シビラが考えているようなことはないと思うわ」

「言い切れます⁉」

ナディーネに迫られ、クラリサはエーリクの顔を思い浮かべてみた。

疑わしく感じたことは一度もない。

大体エーリクにはクラリサを娶る義務などなかったのだ。騎士道精神から窮地を救ったとしても、結婚しなければならなかったわけではない。

むしろ、評判のがた落ちしたクラリサを妻に迎えることにはリスクしかなかった。クラリサは実父から縁切りされて相続権を失い、持参金もない。

それでも求婚してくれたのは、ずっとクラリサを想っていてくれたから。

アードルフにその地位を奪われるまでは、クラリサの許嫁はエーリクだったのだ。

「……そのせい？」

ふと思い至ってクラリサは眉をひそめた。

元許嫁だから、行き場を失ったクラリサを救う義務があると思った……？

まさか、考えすぎよ。

でも。エーリクはとても責任感の強い人だから――。

「奥方様、どうなさいました？」

心配そうにナディーネに問われ、クラリサはハッと我に返った。

「い、いえ、大丈夫……」

急いでかぶりを振り、微笑んでみせる。

（エーリク様はわたしを愛してると言ってくださったもの）

「……少し喉が渇いたわ」

「何か飲み物を用意させましょう。しばしお待ちを」

「わたしも手伝う」

焦り気味にローデリカも後に続く。

クラリサはひとり残った部屋で溜め息をついた。

エーリクを信じているのに。

ちょっとしたことですぐに揺らいでしまう自分の心弱さがつくづく情けなかった。


その夜エーリクに浮かない顔だと言われ、試合での怪我が心配なだけだと説明した。

心配性だなと笑って抱きしめられ、ちょっと後ろめたい気分になってしまう。

翌日、晴れ渡った秋空の下、騎馬試合《トゥルネイ》が始まった。

今回は大規模な団体戦《メレー》が行なわれる。騎士たちが二手に別れ、馬を操りながら模造剣や棍棒《こんぼう》で戦うのだ。

馬蹄《ばてい》の轟きや武器のぶつかり合う音、騎士たちの雄叫《おたけ》びで、すごい迫力だ。

怪我のないようにと祈りながらクラリサは試合を見守った。

途中、エーリクの馬が急に跳ねて、彼は落馬してしまった。思わず悲鳴を上げたが、すぐに起き上がって馬に飛び乗ったので、ほっと胸をなで下ろす。

ハラハラしどおしで、無事にエーリクが属するチームが勝利したときは安堵のあまり椅子の背もたれにぐったりと寄り掛かってしまった。

試合が終わるとクラリサは彼の天幕へ行ってみることにした。ローデリカは徒歩戦が見たいというので、許可して別れる。

ナディーネを連れて天幕の並び立つ一角へ向かった。色とりどりの天幕が広い敷地にひしめき、大勢の人々が行き交っている。

試合に出る騎士だけでなく、その従者や召使、食べものや飲み物を売り歩く行商人、あるいは騎士たちを品定めしながらそぞろ歩く着飾った女性たちも大勢いる。

「ずいぶん天幕が増えましたね。殿下の天幕はどこだったかしら」

きょろきょろと周囲を見回しながらナディーネが困惑の声を洩らした。

「紋章と旗を見ながら探すしかなさそうね」

場所は昨日確認したのだが、天幕が増えすぎてわからなくなってしまった。

旗は風でなびいていないとよく見えないし、ひとつひとつ入り口の上の紋章を確認するしかない。

「――あ。あれだわ」

ようやくクロイツァー辺境伯の紋章を掲げた天幕を見つけ出し、足を速める。

その天幕から誰かがそっと出てくるのが見えてぴたりとクラリサは足を止めた。

ナディーネが、しゃっくりのような叫びを上げる。

「えっ、どっ、どうしてあの人が⁉」

エーリクの天幕から出てきたのはカサンドラだったのだ。

普通なら、おやと思うだけだったろうが、昨日のことがあるのでクラリサもナディーネも棒立ちになってしまった。

そのまま固まっていると、今度はエーリクが出てきた。すでに甲冑を脱ぎ、武装用ダブレット姿で腰に長剣を吊るしている。

クラリサは妙に感情が昂るのを感じて走り出した。

彼を追いかけながら呼びかける。

「エーリク様！」

叫んだとたん、背中に強い衝撃を感じた。

何か鋭いもので突かれたような……？

（な、に……？）

ふいにぐにゃりと視界がゆがみ、クラリサはもんどりうって地面に倒れた。

「クラリサ――‼」

エーリクの絶叫が、どこか遠くのほうから聞こえてきた。


ぼんやりと目を瞬くと、エーリクが慌てて顔を覗き込んだ。

「――クラリサ？　気が付いたか⁉」

名を呼ぼうとしたが、声が出ない。ズキッと胸部に痛みが走り、クラリサは呻いた。

「動くな。無理に喋らなくていい」

「エ……リ……」

「大丈夫だ。命に別状はない。すぐによくなる。だからおとなしく寝ているんだ、いいな？」

手を握って言い聞かされ、小さくクラリサは頷いた。

「な、に……が……？」

自分の身に何が起こったのか。それだけは知りたくて懸命に瞳で訴えるとエーリクは優しくクラリサの額を撫でた。

「矢で射られたんだ、天幕の陰から。狙われたのは俺だが、折悪しくあなたが飛び出して当たってしまった」

「……！」

「落ち着け、俺はなんともない」

クラリサはホッと吐息を洩らした。

「急所は外れてるから、じっとしていればすぐに傷はふさがる。――さぁ、これを飲んで」

苦い薬湯を少しずつ飲み下し、ぐったりと横たわる。

エーリクはクラリサの手を握り、優しく撫でた。

「側にいるから安心して休め」

吐息で頷いて目を閉じる。やがて薬湯の効果が現われたのか、うとうととクラリサは眠りに落ちていった。


それから熱が出て朦朧とし、意識がはっきりしたのは三日後のことだった。

エーリクはずっと側に付き添っていてくれた。

医師がもう大丈夫だと請け合い、何かあればすぐに呼びますからとナディーネにも懇願されて、やっと彼は休息を取るために部屋を出ていった。

「ナディーネも、休んで……？」

「わたしは大丈夫です。ローデリカと交替で休んでましたから」

クラリサが目覚める少し前に交替し、今はローデリカが休憩中だそうだ。

「何が、あったの？　エーリク様が、狙われたって、本当……？」

先ほど名残惜しげに出ていったエーリクは、ずいぶんと憔悴《しょうすい》していたようだが。

「本当みたいです。詳細はよくわかりませんけど……。犯人が潜んでいた場所とエーリク様の位置を考えるとそうだろうって。奥方様はエーリク様と犯人のあいだに偶然割り込んでしまったわけです。本当に間が悪かったんですよ」

「いいえ。それで、よかったのよ」

クラリサはエーリクの背に呼びかけたところを後ろから射られた。つまり犯人は背後から狙っていたわけだ。

もしもクラリサが割り込まなかったら、彼は気付くことなく心臓を射抜かれていたかもしれない。

そう考えると今更ながらぞっとして身体が震えた。

試合を終えたエーリクは甲冑を脱いでいた。武装用ダブレットには一部鎖帷子が縫いつけられているが、完全に矢を防ぐことはできない。

クラリサの胸部を貫通したくらいなのだから、相当の強弓が使われたはずだ。

しかし逆に、そのおかげで迅速に処置できたとも言える。返しのある鏃《やじり》が体内に残っていたらおおごとになったはずだ。

傷は最小限で済み、肺や心臓も無事だったのは本当に僥倖《ぎょうこう》だった。

「犯人は、捕まったの……？」

「ご安心ください。すぐに取り押さえられましたから。それがね、最初に犯人に気付いたのはオスカーなんですよ」

ローデリカに片思い中の、口下手で純情な赤毛の少年騎士だ。

「たまたま犯人を目撃して、逃げようとするところに飛び掛かったんです。遮二無二《しゃにむに》しがみついて叫んだので周囲の人たちもすぐに気付いて駆けつけてくれました」

「よかったわ。お手柄ね」

「でしょう？　なのに、あの子ったら妙に消沈してるんです。奥方様も助かったというのに」

変ですよね、とナディーネは首を傾げた。

そこに扉を敲く音がしてカサンドラが現われた。

「お目覚めになったと伺いまして。ご気分はいかがですか」

気づかわしげに問われ、クラリサは傷の痛みとは別に胸がちくりとするのを感じた。

そもそも彼女がエーリクの天幕から出てくるのを見て動揺したのが事の発端だ。

しかし、そうでなければエーリクを失っていたかもしれないと思うと、ひどく複雑な心境である。

「……カサンドラさん。お訊きしたいことがあるのだけど」

「なんでしょうか」

クラリサの目配せで、ナディーネが椅子を運んでくる。

礼を述べて椅子に座った彼女を、クラリサは迷いながら見上げた。

美貌の女商人の表情にやましげなところなど微塵もない。真の気遣いを感じさせる、実意のこもったまなざしをこちらへ向けている。

意を決してクラリサは尋ねた。

「あのとき、エーリク様の天幕で何をしていたの？」

「あのときと言われますと……奥方様が奇禍に遭われたときのことでしょうか」

頷くと、カサンドラは迷ったように眉根を寄せた。

「殿下のお許しなく申し上げていいものやら……」

「……？　なんのこと？」

どうも自分の想像したようなことではなさそうだが、それはそれで気になる。

「絶対に口外はしないわ。ナディーネに聞かれてまずいことなら外させます」

「ああ、いいえ。変に誤解されても困りますし。それに、すでに奥方様も巻き込まれてしまいましたから」

「わたしにも関係あるの？」

「いずれ殿下からきちんとお話があると思いますが、申し上げておきますね。わたくしが殿下の天幕にお邪魔しましたのは、急ぎご報告すべきことがあったからです。実は……殿下のお命が狙われているという情報を得まして」

愕然《がくぜん》とするクラリサに、カサンドラは小さく頷いてみせた。

「殿下はすでに異変を察知しておられたそうです。わたくしの報告をお聞きになると、やはりと頷かれました。この騎馬試合でも、何度かひやりとする場面があったとか」

「――あ。それじゃ、団体戦《メレー》で落馬なさったのも……!?」

「はい。後で調べると、馬の尻に小さな傷があったそうです。何かごく小さな刃物を投げられたのでしょう。乱戦の最中に落馬するのは大変危険です。模擬戦とはいえ人も馬も昂奮していますからね。実際、怪我人《けがにん》が出るのも珍しくありませんし、最悪、亡くなることだってありえます。殿下は辺境伯として常日頃から実戦さながらの訓練を積んでおられますのでご無事でしたが……」

「では、団体戦の参加者に刺客が？」

「殿下のお考えでは、遍歴の騎士を装って紛れ込んだのではないかということでした」

大抵の騎馬試合は飛び入り参加が可能だ。

騎士らしく装備を整えるだけでもかなりの費用がかかるため、賞金めあての参加者も多い。

騎士の全員が高潔というわけはなく、私闘権を逆手にとって金品を巻き上げる盗賊まがいの者もいる。

正式に叙任されていなくても、技術と装備さえあれば騎士を騙《かた》ることは可能だ。

「団体戦《メレー》は参加者の数を揃えなくてはなりませんので、まったく知らない者同士でチームを組むことも珍しくありません。刺客が敵味方どちらの側にいたのか、あの時点ではまだわかりませんでした」

「でも、犯人は捕まりましたよね……？」

おそるおそるナディーネが尋ね、カサンドラは頷いた。

「殿下の味方側の一員でした。でも、参加にあたって申告した名前も身元もでたらめだったそうです。殿下はその者にかかわるすべての権利を、騎馬試合主催者の伯爵に要求し、承認されました」

「試合はどうなったの？」

「もちろん即時中止です。王族が狙われたのだから当然ですね」

クラリサの意識が混濁《こんだく》しているあいだにすべては終わっていた。

正式な招待者はそれぞれの城へ戻り、飛び入り参加の者は取り調べが済むと解放された。

暗殺に関わっていたのは捕まったひとりだけだった。

「わたくしが情報を入手するのがもう少し早ければ、こんなことにはならなかったかもしれません。そう思うと申し訳なくて……」

「カサンドラさんのせいじゃないわ。でも、エーリク様はいつ気付かれたのかしら」

「こちらへ到着した日から尾行されていることには気付いておられたそうです。殿下は人の害意にとても敏感なようで……」

その理由はなんとなくわかる気がした。

彼は幼い頃の体験から長らく人間不信だった。今はもう以前ほどの壁は作っていないが、本能的に害心を察知できるのだろう。

「エーリク様が身の危険を感じているなんて、全然気付かなかったわ」

「わたくしもです。殿下がいつ刺客の目星をつけたのかは存じませんが、従者に命じて見張らせていたそうです」

「オスカーね」

「ああ！　それで落ち込んでるんだわ」

ナディーネが納得の声を上げる。カサンドラも頷いた。

「たぶん気付かれて、まかれてしまったんでしょう。それで凶行を止められず、奥方様に重傷を負わせてしまったと悔いているのでは」

「でも、結局はオスカーが刺客を捕らえたんだもの。気に病むことはないわ」

「まじめな子なんですよ」

そうね、とクラリサは頷いた。

後で側に呼んで、気にしなくていいと言ってあげよう。

「奥方様。わたくしが殿下の天幕にお邪魔したのはそういうわけでして、けっしてやましい気持ちからではございません。わたくしはエーリク殿下を尊敬しております。殿下のお役に立てるのが嬉しいのです」

「わかったわ。ごめんなさい、わたしこそ変な誤解をして……。ただ、シビラが」

「シビラ？　あの子が何か？」

当惑していたカサンドラは、クラリサの話を聞くと、頬にさっと朱を走らせて眉を吊り上げた。

「なんてことを！　申し訳ございません、奥方様。とんでもない誤解ですわ。あの子が何故そのような勘違いをしたのやら……。やはりわたくしの不徳の致すところですわね」

頬に手をあててカサンドラは溜め息をついた。

「わたくしが常日頃殿下のことを素晴らしい御方だ、お役に立ちたいと言うのを聞いて誤解してしまったのですね。シビラは物覚えがよく、わたくしによく懐《なつ》いてくれるものですから、つい姉妹のように心安くなってしまって」

「悪気はなかったと思います。カサンドラさんを慕っているからこそ、幸せになってほしくて……義憤《ぎふん》に駆られたのでしょう。わたしには……確かによくない噂がありますから」

カサンドラはまじめな顔になって居住まいを正した。

「王都で流れた奥方様の悪評については、わたくしも存じております。ですが、わたくしは商人です。噂を鵜呑《うの》みにしていては商売などできません。根も葉もない流言蜚語《りゅうげんひご》にすぎないことはわかっています。火のないところに煙は立たないと言いますが、わざわざ何もないところに火をつけて喜ぶ者がいるのですよ。彼らは気に入らない人間をいじめて楽しんでいるだけの、最低の輩ですわ。情けないことに、根拠のないでっち上げを無責任におもしろがる人間も多いのです。奥方様はそのような卑劣漢の標的にされてしまったのです。それにわたくし、噂の出所には見当がついておりますの。ずばり、奥方様の腹違いの妹様でしょう？」

クラリサは息を呑んだ。

「そう……かも、しれないわ……」

「まず間違いないですわね。奥方様が巻き込まれた事件とその後の成り行きを鑑みればすぐにわかることです。それに、今はその異母妹様《いもうと》が噂の的ですのよ」

「ペルジネットがどうかしたの？　あの子は今や王太子妃でしょう？」

「贅沢三昧の遊興三昧だそうで。こちらは奥方様の場合と違って立派な根も葉もありますし、確かに火があって煙が上がっているのでございますが」

王太子妃になって舞い上がっているだろうことは想像がついたが、そんな噂になっていたとは……。

「たぶんペルジネットは噂なんて歯牙《しが》にもかけないと思うわ」

「あの方の場合、少しは気にされたほうがよろしいですわね。まぁ、いずれ手痛いしっぺ返しを食らうことになるでしょう。シビラのご無礼につきましては、きつく叱っておきますので、今回ばかりはわたくしに免じてお許しいただけないでしょうか」

「いいのよ。シビラはただ、あなたのしあわせを願っているだけだもの」

「今のままで充分しあわせなのですけどねぇ。夫の顔色を窺う必要がないというのも、なかなか快適でございますよ」

思わず噴き出してしまい、傷口に響いて『いたた』と顔をしかめる。

「まぁ！　申し訳ございません、奥方様。どうぞ安心してお休みになってください」

「ありがとう。あの、これからもエーリク様の力になってくださいね」

「もちろんでございます」

にっこりと微笑んだカサンドラは、しとやかに一礼して退出した。

「これで一安心ですね、奥方様。もちろん、わたしは殿下が奥方様一筋であることは、最初から知ってましたけど」

自信満々に言い切って、ナディーネはクラリサの夜具を整えた。

「……わたし、やっぱりカサンドラはエーリク様が好きなのだと思うわ」

「まぁ、奥方様！」

「変な意味じゃないの。でも、単に好感を持っているだけというのとも違う気がするのよ。うまく言えないけど……。そうね、騎士道的な愛……みたいな？」

「殿下の愛する貴婦人は奥方様です！」

「そうじゃなくて、逆よ、逆」

「というと……カサンドラさんが騎士で、エーリク殿下が貴婦人なんですか？」

首を傾げ、ナディーネはプッと噴き出した。

「うふふっ、想像したら笑っちゃいますね」

「もう、ナディーネったら。いったい何を想像したのよ」

「すみません！　あ、そうだわ。奥方様、何か軽く召し上がりませんか？　お腹が空いたでしょう」

「そうね……。スープでもいただこうかしら」

「すぐにお持ちします」

弾むような足取りでナディーネが出て行くと、クラリサは彼女の思い浮かべたらしい男女逆転の騎士道を想像してみた。そして同じように噴き出してしまい、疼痛に顔をしかめながらもしばらく笑いを抑えかねていた。


伯爵の居城でさらに数日養生し、クラリサは帰途についた。

馬車の中にベッドを作り、横になっての移動で、通常よりもゆっくりと隊列は進んだ。

エーリクは馬車の傍らにぴたりと張りついている。

カサンドラと話した後、休息を取ったエーリクからも説明を聞いたのだが、大体彼女から聞いたとおりだった。

カサンドラに嫉妬心を覚えたことも率直に話した。彼は驚き焦って、そんなことはない、絶対ないと必死に弁明した。

わかってますと苦笑しつつ、実はけっこういい気分だったりした。クラリサは大体のことには淡々としているが、独占欲だって当然あるのだ。

愛する夫が言葉でも態度でも熱烈に愛情を示してくれれば嬉しいに決まっている。

クロイツァー城に到着すると、心底ホッとした。

ここが自分の帰るべき場所なのだと、クラリサは改めて実感した。

†

エーリクはクラリサを自室まで送り、ゆっくり休むよう懇ろに言い含めると、側近を従えて城の地下へ向かった。

すでにその表情からは一切の甘さが削《そ》ぎ落《お》とされている。

部下に松明を持たせ、階段を下りていく。その先にあるのは牢獄だ。鉄格子の嵌まった房がずらりと並んでいる。

ほとんどは空で、入り口に近いほうは倉庫がわりに使われている。

一番奥の房にだけ収容されている者がいた。エーリクは鉄格子の前で足を止め、無言で囚人を眺めた。

それは彼を狙ってクラリサを誤射した刺客だった。

これまでの調べで、素行不良により家族からも主からも見放された騎士崩れであることがわかっている。

そこそこ腕は立ち、各地で開かれている騎馬試合《トゥルネイ》を渡り歩いていた。

食い詰めれば街道を行く人々に護衛を押し売りし、言いがかりをつけて慰謝料を要求したりもする追剝《おいはぎ》まがいだ。

暗殺を請け負うのもこれが初めてではないらしい。

囚人は松明の灯に眩しそうに目を眇《すが》めた。

じゃらりと鎖の音が響く。両手は板状の拘束具で挟まれ、裸足《はだし》の足には鉄球付きの鎖が巻かれている。

すっかり無精髭《ひげ》の伸びた薄汚れた顔には、どこか不安げな表情が浮かんでいた。

男が捕らえられてからすでに十日になるが、エーリクが姿を現したのはこれが初めてだ。

彼が男の身柄と取り調べの権利を伯爵に要求すると、主催者の伯爵は喜んでこの迷惑極まりない狼藉者《ろうぜきもの》を譲り渡した。

しかしエーリクはすぐに取り調べにかかろうとはせず、男を地下牢にぶち込んだまま放置していた。

クラリサの容態が気になってそれどころではなかったのだ。

代わりに取り調べることをカールとコンラートが申し出たが、エーリクは頑として許さず、男に対して一切口をきかないよう命じた。

男は最低限の水と食べものを与えられ、放置された。

最初は余裕綽綽《よゆうしやくしやく》だったが、牢番さえ一言も声をかけないでいると次第に苛立《いらだ》ち、落ち着きを失い始めた。

牢番は伯爵の雇い人だが、エーリクが金をやって喋らないよう命じてあったのだ。

護送用の馬車に乗せられたとき、無言の護送係に男が懸命に話しかけていると、カールがやって来て有無を言わせず猿轡《さるぐつわ》を嚙ませた。

クロイツァー城でも誰も男に対して口を開かず、何を言っても無言で見返すだけだった。一言でも会話したら厳罰に処すとエーリクに厳命されていたのだ。

結局、男は捕らえられてから十日間、誰とも会話できなかった。これは地味だが確実に精神に堪える一種の拷問と言えた。

悪行に慣れている男は、すぐに厳しい取り調べをしたところでのらりくらりと言い訳するだけだったろう。身体に拷問を加えたり殺すと脅してもすぐには口を割らなかったに違いない。

実際、荒っぽい生活を送っていた男は肉体的な痛みには強かった。だが、このような扱いを受けたことは初めてで、どうするつもりなのかまるで予測がつかなかった。

一言も喋らない相手は不気味だ。声色から考えを推測することもできないし、薄暗い地下牢では表情もろくに読めない。

日に二回、牢番が食事を運んでくる以外は誰も来ない。他の囚人もいない。何もされないことが、かえって苦痛に思えてくる。

捕らえられたときはふてぶてしかった面構えは、すっかり落ち着きがなくなっていた。

エーリクは、忙《せわ》しなくぎょろぎょろと目玉を動かす男をしばし冷ややかに見ていたかと思うと、おもむろに側近たちに頷いた。

カールが牢番に顎をしゃくって扉を開かせる。カールとコンラートが牢内に入り、蹲《うずくま》っている男を無言のまま引きずり起こした。

兵士が椅子を運んでくる。刺だらけの拷問椅子――ではなく、ごく普通の木の椅子だ。カールたちは男を椅子に座らせると、胴体を背もたれにロープでくくりつけ、脚も左右それぞれ椅子の脚に縛りつけた。

作業が終わるとエーリクが牢内に入ってきた。彼は男の真正面に立ち、冷たく睥睨《へいげい》した。

「誰に頼まれた？」

なんの前置きもなく彼は尋ねた。

男は乾いた唇をそわそわと舐め、野卑な笑みを浮かべた。

「なんのことだかわからんな」

エーリクが男の右側にゆっくりと移動する。そして、いきなり右足の小指を乗馬用ブーツのかかとで力まかせに踏みつけた。

驚愕《きょうがく》と苦痛の絶叫が上がる。

エーリクは冷酷な口調で繰り返した。

「誰に頼まれた？」

「し、知らねぇっ」

ぜいぜい喘ぎながら男が言うと、エーリクは軽く眉を上げ、今度は右足の薬指を踏みつぶした。当然、小指もかかとの下敷きだ。

ふたたび絶叫が地下牢にこだまする。椅子が激しく揺れ、カールとコンラートが背もたれを力任せに押さえつけた。

「誰に頼まれた？」

三度、同じ口調で尋ねられ、苦痛の涙を浮かべた男の目に恐怖が宿る。

「し、しら……」

絶叫。

唇をきつく噛んで苦痛に耐える男に、エーリクは長身を屈めて囁いた。

「さっさと吐いたほうがいいぞ。足の指を全部折られたくはなかろう？」

男はギリギリと歯を食いしばる。

さらに絶叫が続き、右足も残すは親指のみとなった。

「言っておくが、答えぬ限り手当ては一切しない。右足が終わったら次は左足だ。それが終われば左手の小指から一本ずつ関節に釘を打つ。剣を握れなくなってもいいのか？」

「や、やめろ……」

「いやなら答えろ。誰に頼まれた」

「……」

激しい苦痛と葛藤とで目が血走り、脂汗がこめかみを伝う。

「素直に吐けば、きちんと手当てをしてやる。暗殺《しごと》を請け負った金額に上乗せして、報酬もくれてやろう。ただし、この国から出て行って二度と戻らないことが条件だ」

男はごくりと喉を鳴らした。

「ほ……本当か……？」

「俺は口に出したことは実行する。必ずな。これ以上強情を張れば手足の指を一本残らず使い物にならなくしてやるぞ？　それでもだんまりを続けるなら、脚から始めて一本ずつ骨を砕いていく。もちろん手当てはしない」

「わ、わかった！　ほ、本当に、喋ったら手当てをして、解放してくれるんだろうな⁉」

「ああ」

「金もくれるのか⁉」

「やるさ。本当のことを喋れば、な。嘘をついたら四肢の骨をすべて砕いてから街道に放り出す」

「わかった、喋る！　喋るから、手当てしてくれよっ……」

「質問にすべて答えてからだ」

にべもなくエーリクは撥《は》ねつけた。

これ以上の駆け引きは無駄と悟ったか、男は力なく頷いた。

「わかったよ……」

「誰に頼まれた？」

「女だ。名前は知らねぇ。本当に知らねぇんだよっ」

「顔は」

「わからん。仮面をつけてた。でも若い女なのは確かだ。声でわかる。口許を扇で隠してたから、顔は全然見えなかった」

「声を聞けばその女かどうかわかるか？」

「たぶんな。偉そうな喋《しゃべ》り方《かた》をする女だった」

「俺を殺せと頼まれたんだな？」

「そうだ。クロイツァー辺境伯を殺せと言った。手段は問わないからなるべく早く殺してほしいと前金で半分くれたんだ。残りは確かに死んだことが明らかになってからだ、と。……なぁ、全額に上乗せしてくれるんだよな？」

足の指を四本折られながらも、男はさもしく尋ねた。

「今の話だけでは不足だな。まだ知っていることがあるはずだ。とぼけるなら残りの親指を折る」

「待てって！　今から話そうとしてたんだ！　男もひとりいた。一言も喋らなかったが、女の側に男がいたよ」

「どんな男だ」

「そいつも仮面をつけてたんで、よくわからねぇ。声も聞いてねぇしな……。そうだ、口許に小さなほくろがあった」

　ぴくっとエーリクの口角が引き攣る。

「……唇の上か下か。左右どっちだ」

「下だ。えーと……左。そう、左側だ」

「他に何か特徴はなかったか？　喋らなくても身動きくらいしただろう」

「そういえば……落ち着かない様子だったな。しょっちゅう耳をいじってた。ああ、そうそう。そいつイヤリングをつけてたよ。ルビーを嵌め込んだ、凝ったデザインの」

「絵に描けるか？」

「やってみる。なぁ、それ描いたら足の手当てしてくれよ。本当に痛ぇんだよ」

「いいだろう」

　エーリクは紙と木炭を持ってこさせ、上半身の拘束を解いてやった。

　男の絵はなかなか達者なものだった。金細工の菱形《ひしがた》を三つ組み合わせ、ルビーが散りばめられている。

「……嘘なら殺す」

　冷淡にエーリクが言うと、男は震え上がってかぶりを振った。

「嘘じゃねぇって！　本当にそいつ、こういうイヤリングをしてたんだよ。ほくろも本当だ。嘘じゃねぇよっ」

「まぁ、いい。どのみち解放するのはすべてが終わってからだ」

「いつだよ、そりゃ⁉　なぁ、約束守ってくれるんだよな⁉」

エーリクは牢から出て行きかけて振り向き、酷薄な笑みを浮かべた。

「言っただろう。俺は口に出したことは必ず実行する。おまえが真実を述べていれば約束は守るし、嘘であれば殺す」

「だから嘘じゃねぇって！」

悲鳴のように叫ぶ男を残して牢を出ると、エーリクは手当てをしてやるよう命じた。

地上へ戻る階段を上りながら、彼は冷たく微笑んでいた。

†

数日後、エーリクはクラリサを連れて王都へ向かうことにした。

傷はふさがったとはいえ長旅は身体に負担をかけるので迷ったが、帰還までにどれほど時間がかかるかわからず、またクラリサも同行を望んだためだ。

囚人を連行していることがわからぬよう普通の馬車を使って可能な限り飛ばし、五日後の昼前に王都へ到着した。

即座に拝謁を求めると、先触れもなくエーリクが登城したことに国王は驚き、急いで謁見室へ現われた。

「どうしたのだ、国境に異変でも？」

「いいえ、陛下。国境は安定しております。不審な動きもございませんゆえ、ご安心ください」

ホッとして頷く国王の傍らで、宰相が厭味《いやみ》を言う。

「困りますな、殿下。辺境伯の身でありながら、何事もないのに軽々しく領地を離れるとは。……しかも奥方まで連れて」

「何事もないとは言ってない」

エーリクが冷ややかに宰相を見やると国王が質した。

「何があった？」

「先日、刺客に襲われまして」

聞くなり国王は顔色を変え、玉座の肘かけを掴んで身を乗り出した。

「怪我をしたのか⁉」

「私は無事でしたが、妻が巻き込まれて重傷を負いました」

「クラリサが⁉　なんということだ！　大丈夫なのか⁉」

「はい、陛下。急所は外れましたので命に別状ございません」

クラリサはうやうやしく身をかがめた。

「しかしここに大きな傷痕が残ってしまいました」

エーリクが悲愴《ひそう》な面持ちでクラリサを見つめながら自らの左胸上部を押さえると、国王は顔をゆがめて嘆息した。

「かわいそうに……。侍従長、椅子を持ってきなさい。座って楽にしているといい」

「恐れ入ります」

一礼して椅子に腰を下ろす。

「──で、犯人は捕らえたのですか？」

宰相が尋ねた。すでに驚きの表情は消え、いつもの取り澄ました顔つきに戻っているが、心なしか何かに気を取られているようでもある。

「連れてきたが、その男は実行犯にすぎない。そやつは取り調べで、とある人物に依頼されて俺を襲ったと供述している。あいにく矢に当たったのはクラリサだが……」

「王子であるそなたの暗殺を謀ったと？　誰なのだ、それは」

「残念ながら名前は不明です。顔も仮面をつけていたそうで」

溜め息を洩らす宰相を、エーリクはちらりと横目で眺めた。残念そうな表情を取り繕いながらも口許が安堵にゆるむのを彼は見逃さなかった。

「……しかし、手がかりはあります。依頼者は男女二人組。女は仮面をつけ扇で口許を隠していたのでわかるのは声だけですが、男のほうはここに小さなほくろがあった、と」

　エーリクが自分の唇の左下を指すと、宰相はぎょっとしたように眉を上げ、国王は険しい顔で黙り込んだ。

「その男は大層な洒落者で、高価なルビーのイヤリングをしていたそうです。女が刺客と交渉するあいだ、男は黙ったままずっと落ち着かなげに耳をいじっていたとか……」

　謁見の間に沈黙が落ちる。

　国王はわなわなと唇を震わせ、玉座の肘かけを力任せに叩いた。

「――侍従長！　今すぐ王太子と王太子妃を連れてまいれ！」

　ふだん温厚な国王の激発に、侍従長は肝を潰して御前にまろび出た。

「王太子ご夫妻は、この時間ですと、まだお休みになっておられるかと……」

「ならば寝間着のまま引きずって来い。緊急事態だ、身繕いなどせずともよい」

「は……しかし……」

「さっさと行け！　十分以内に連れてこなければ、そちを解任する！」

　小太りの侍従長は飛び上がり、全速力で謁見室を飛び出していった。

　唖然としていた宰相が、気を取り直して言上する。

「陛下。たかだかほくろやイヤリングごときで決めつけるのは……」

「アードルフには緊張するとむやみに耳たぶを引っ張る癖がある。ごく幼い頃からだ」

「そのような癖は他の者にもございましょう。恐れながらエーリク殿下は仲のよろしくない弟君を貶《おとし》めるおつもりなのでは？」

「俺は刺客の喋ったことを伝えただけだ」

「しかしですな」

「控えよ、宰相。エーリクはこれまで誰かを讒言《ざんげん》したことなど一度もない。……エーリクに対する讒言なら、散々聞かされたが、な。そちも含めて」

思わぬ反撃に宰相は黙り込んだ。これまで唯々諾々と従ってきた国王が、突如として逆襲を始めたことにとまどい、面食らっていた。

エーリクはとりつく島もない冷淡な面持ちで、腕を組んで凝然と佇んでいる。クラリサは用意された椅子でピンと背筋を伸ばし、沈黙を守った。

十五分ほど経過して、ようやく謁見室の扉が開いた。

大あくびをしながらアードルフがひとりで入ってくる。

「なんだよ、宰相。俺はさっき帰って来て、寝たばかりだったんだぞ……」

またも大あくび。シャツの襟元は乱れ、上着のボタンは全部外れている。どうやら朝帰りで、着替えもせずベッドに倒れ込んだところを叩《たた》き起《お》こされたようだ。

「殿下」

国王の形相を横目で窺いながら宰相が小声でたしなめる。

「……王太子妃も呼んだはずだが？」

冷ややかに国王が質す。あくびをしながら面倒くさそうに声のするほうを見て、アードルフはカエルのように喉を鳴らした。

「ち、父上⁉」

焦って周囲を見回したアードルフは、ここが謁見室であることに初めて気付いた。寝しなを叩き起こされて寝ぼけていたため、宰相に呼ばれたと思い込んでいたらしい。

「また朝帰りか」

吐き捨てるように言われ、アードルフは鼻白んだ。

「た、たまたま、友人の……パーティーに、招かれまして……」

「王太子妃はどうした」

「まだ寝てます……」

「侍従長。すぐに王太子妃を連れてまいれ。今すぐ、だ」

「御意！」

ぎろりと睨まれ、侍従長はさらに青ざめた顔でふたたび駆け出していった。自分の進退がかかっているのだ。王太子妃の機嫌なんぞかまってはいられない。

「……あの。何かご用でしょうか？　父上」

父の不機嫌を察し、アードルフはおもねるように卑屈な笑みを浮かべた。

国王は黙って顎をしゃくる。ぼんやりそちらに視線を向け、彼はようやく異母兄とクラリサの存在に気付いた。

「なっ⁉　なんでおまえが生きて……」

「殿下！」

血相を変えた宰相が叱咤《しった》するも一足遅かった。

国王は失意と怒りで顔をゆがませてアードルフを睨みつけた。

「俺が生きているのがそんなに不思議か？」

嘲るように問われてアードルフは口ごもった。

「な、なんで来てるんだ、って言ったんだよ！　お、おまえの聞き間違えだ！」

癇癪を起こした幼児のように言い張る異母弟を、エーリクは冷然と眺めた。

アードルフは落ち着かなげに身じろぎ、そわそわと耳たぶをいじり始めた。やめろとも言えず、宰相は苦り切った顔だ。

彼の耳には昨夜の装いのままにイヤリングがぶら下がっている。それは刺客が描いたものと同一と思われる、菱形を繋げたルビーのイヤリングだった。

いくつも持っているだろうに、まさかそれを身につけて現われるとは……。

冷厳な面持ちを異母弟に向けたまま、エーリクは内心でほくそ笑んだ。

扉が開き、汗だくの侍従長が現われる。

「お、王太子妃殿下を、お連れいたしました……」

ぜぇぜぇ喘ぎながら侍従長は言上し、壁際でかしこまった。

しゃなりしゃなりとドレスを揺らしてペルジネットが入ってくる。

彼女は玉座の前でうやうやしく腰を屈めた。

「ご機嫌麗しゅう、陛下。このような朝早くからお召しとは、いったい何事でございましょうか？」

「機嫌はまったく麗しくないし、もうすぐ昼だ」

にべもなく返され、ペルジネットは目だけ上げてアードルフを窺った。

夫がだらだらと冷や汗を垂らしていることに気付き、眉をひそめる。

「……どうなさいましたの？」

引き攣った顔でしきりと目配せされ、不審そうにそちらを見やったペルジネットは、黙然と仁王立ちしているエーリクと傍らの椅子に座るクラリサを認めてさっと青ざめた。

しかしアードルフのように狼狽《ろうばい》することなく、取り澄ました微笑を浮かべる。

「あら……誰かと思えばエーリク殿下ではございませんの。それに、お姉様。一体いつこちらへお越しに？」

「先ほど着いたばかりだ。あなたに質《ただ》したいことがあってな」

「まぁ、なんでございますかしら」

ペルジネットはコケティッシュなしぐさで首を傾げた。媚を含んだ目付きで朱唇を吊り上げる。

それで巧いことアードルフを釣り上げたのだろうが、あいにくエーリクがもよおしたのは生理的嫌悪感だけだった。

この女はぶよぶよした毒虫を思わせる。見た目がどんなに美しかろうと、内面は腐りきっている。

甘ったるい腐敗臭を漂わせながら毒液が毛穴からにじみ出てくるようで、忌まわしさで反吐《へど》が出そうだ。

清冽な湧き水を思わせる清々《すがすが》しいクラリサの雰囲気とは完全に真逆で、半分であれ血がつながっているとはとても信じられない。

いや、信じられない以上に冒瀆《ぼうとく》とすら思えてくる。

ペルジネットのほうは自分が毒虫扱いされているとは想像だにせず、ますます露骨に媚態を示した。

もしもこの場にエーリクとふたりきりであれば、臆面もなくしなだれかかってきたかもしれない。

このような毒虫、口をきくのも気色悪い。

「俺の暗殺を仕組んだことを認めるか？」

駆け引きするのも煩わしく、そっけなく問うとペルジネットは大仰に目を瞠り、唇をO《オー》

の形に開いた。

「いきなり何を仰いますの？　どうしてわたしがそのようなこと」

「むろん王太子妃の地位を固守するためだ」

　ほほほ、とペルジネットは甲高い笑い声を上げ、沈黙しているクラリサを厭な目付きで眺めた。

「固守するも何も……王太子アードルフ殿下の妻はわ、た、し、ですもの。わたし以外の王太子妃などありえませんわ」

「アードルフが王太子でいられれば、な」

「もちろん王太子はアードルフ殿下に決まっていますわ。宮廷貴族は全員アードルフ殿下を支持していますす。そうでしょう？　宰相どの」

　宰相は苦虫を嚙《か》み潰《つぶ》したような顔で答えない。訝しげにペルジネットは眉をひそめた。

「俺の聞いた話では、アードルフの評判は芳しくないようだな。あなたと結婚し、郊外に豪勢な屋敷を購入して王城を出てからというもの、凋落《ちょうらく》の一途《いっと》をたどっているとか」

　キッとペルジネットはエーリクを睨みつけた。

「わたしのせいとでも仰りたいの？」

「俺は事実を述べただけだ」

「誤解ですわ。新婚期間をふたりきりで過ごしたかっただけですもの。わたしたちはすでに王城へ戻っております」

「未だ屋敷を手放さず、しょっちゅう入り浸っているようだが？　昨夜も朝帰りだったそうだな」

国王の冷ややかな追及にペルジネットは焦った。今まで一度も国王から直接咎められたことがなく、すっかり舐めてかかっていたのだ。

「ゆ、昨夜《ゆうべ》はたまたまですわ……」

「嘘はやめろ。そなたたちの動向は毎日報告させている」

国王はぴしゃりとペルジネットの弁解を遮った。

「……余はひそかに証拠を集めていた。いかに宰相が手を回そうと庇いきれなくなるまで集めるつもりだった。だが、まさかこれほどの愚行に走るとは」

「陛下……？」

宰相が呆気《あっけ》にとられた顔になる。意気地のない惰弱な犬と舐めきっていたのが、突如牙を剝《む》かれて凄まれ、狼狽しきりといった態だ。

「アードルフは廃嫡とする」

国王が毅然と宣言し、宰相は慌てて進み出た。

「お、お待ちください、陛下……」

「でたらめだわ！　根拠のない讒言よ！　わたしはエーリク殿下の暗殺など企《たくら》んでいませ

ん！」

「囚人をこれへ」

エーリクが命じると控えていた騎士が手枷《てかせ》を嵌めた男を連れてきた。

「どうだ？」

「間違いねぇ。この声だ。この女がクロイツァー辺境伯の暗殺を頼んできたんだ」

「お黙り！」

ペルジネットがヒステリックに叫ぶ。

男はかまわず、蒼白な顔で耳をいじっているアードルフをしげしげと眺めた。

「女の側にいたのはこいつだな。だんまりだったけど、こいつと同じほくろがあった」

トントンと自分の唇の左下を指先で叩きながら男は断言した。

「でたらめよ！」

「おっ？　そいつはあのときしてたイヤリングじゃねぇか。よっぽどお気に入りなんだな。

――なぁ、俺の描いた絵とそっくりだろ？」

「ああ、よく似てる」

「そんなの偶然よ！」

「あんときもそうやってそわそわ耳をいじってたっけ。一度、引っ張りすぎてイヤリングが外れて、焦って着け直してただろ？」

嵩《かさ》にかかって男がたたみかけると、アードルフは追い詰められた豚のような悲鳴を上げた。

「うわぁあぁっ！　もうだめだぁ、バレちまったよぉっ」

「黙って！　黙りなさい！」

眦《まなじり》を吊り上げてペルジネットが激昂する。

アードルフは妻を押《お》し退《の》けると、国王の膝に取りすがって訴えた。

「僕じゃない！　僕じゃないんだ！　父上！　あの女がけしかけたんだよ！　僕はやめようって言ったのに……」

「なんですって⁉　いい考えだと即座に賛成したのはどこのどいつよ⁉」

青筋をたててわめき散らすペルジネットは、激憤のあまり自分の失言にも気付かない。

宰相は魂が抜けたような顔で呆然と突っ立ったままだ。下手に諫《いさ》めようものなら自分まで巻き込まれてしまう。

クラリサは三者三様の醜態をうら悲しい気持ちで眺めていた。

国王はアードルフの手を煩わしげに払いのけ、衛兵を呼ぶよう侍従長に命じた。

衛兵たちが入ってくると、国王は神経質に手を振った。

「この者どもを塔へ連れて行け」

塔というのは身分の高い囚人を収監する牢獄のことだ。

事情を知らぬ衛兵は目を丸くした。

「お、王太子殿下をですか⁉」

「そやつはもう王太子ではない。そこの女も同様、もはや王太子妃ではない。さっさと連れていけ。顔も見たくない」

衛兵隊長は顔色を変えて宰相を窺ったが、宰相は我関せずとそっぽを向いている。

「御意」

隊長は気を取り直して一礼すると、部下に命じて王太子を両脇から挟んで立たせた。

「父上！　僕じゃないんです！　信じてください！」

「……信じたかった。裏切ったのはおまえだ」

苦々しく国王は吐き捨てた。

「宰相」

「は」

「王太子はエーリクだ。異論はなかろうな？」

「……御意」

宰相は一拍置いてうやうやしく一礼した。

呆然としたアードルフは、諦めきれずに今度はエーリクに訴えた。

「なぁ、頼むよ、兄上。ほんの出来心だったんだ。兄上のことだから、きっとうまく躱すと信じてた。それでペルジネットの気が済めばと思ったんだ。それだけなんだよ」

「危うくクラリサが死ぬところだった」

「そ、それは……て、手違いだよ。クラリサを傷つけるつもりなんてなかったんだ。クラリサだってわかってるさ。なぁ、そうだろ？」

アードルフはそわそわと横目でクラリサを見た。猫撫《ねこな》で声《ごえ》と脅すような目付きがまるで合致していない。ぞっとして思わず顔をそむけてしまう。

アードルフは眉を逆立てたが、懸命に怒気を抑えて訴えた。

「なぁ、俺たち兄弟じゃないか。頼むよ、王太子の地位は譲るからさ、牢に入れたりしないでくれ。父上に取りなしてくれよ。兄上」

今まで一度たりとも兄と呼んだことなどないくせに、なれなれしくアードルフは掻き口説いた。

青ざめて唇を震わせるクラリサを彼の視界から隠すように立ちふさがり、エーリクは口端を冷たくゆがめた。

「貴様にかける情けなど持たん」

とりつく島もなく一蹴され、アードルフの卑屈な顔はたちまち粗暴な怒気に染まった。

「この悪魔！　王太子を譲ってやるって言ってるだろ⁉」

「勘違いするな。おまえに譲られるまでもない。不当に奪われたものを正当に取り戻しただけだ」

「くそぉっ、やっぱりおまえは悪魔だ！　卑しい悪魔！　悪魔野郎！」

語彙が貧困すぎ、悪魔悪魔と連呼しながらアードルフが連れ出され、次いでペルジネットがぎゃんぎゃんわめきたてながら引き立てられていく。

上品ぶった鍍金《めっき》が剝《は》がれ、粗野な地がすっかり剝き出しになっていた。

刺客の男も騎士が連れていき、謁見室には国王とエーリク、クラリサ、そして宰相の四人だけが残った。

国王は表情をやわらげ、蒼白なクラリサをいたわった。

「すまない。見苦しいところを見せてしまったな……。そなたを娘のように思っているのに、つらいめにばかり遭わせてしまう。本当に申し訳ない」

頭を下げられ、クラリサは慌てて腰を浮かせた。

「滅相もない！　陛下、どうぞお顔をお上げください」

国王は堅苦しく一礼して宰相に向き直った。

「これからすぐに会議を行ない、エーリクの王太子冊立について諮る。大臣たちを急ぎ招集せよ」

「……かしこまりました」

宰相は深々と一礼し、重い足取りで退出しながら虚ろな吐息を漏らした。

（馬鹿な奴だ……）

親兄弟で権力を争い殺し合った時代はとうに過ぎた。王太子がその地位を渡すまいとして兄弟に刺客を差し向けるなど、醜聞でしかない。

しかも妻にそそのかされてその気になるなんて、誰から見ても為政者としての資質に欠けている。

今さらエーリクを悪者に仕立てることは不可能だ。彼は一部で『悪魔公』と謗《そし》られているものの、実際には単なる風評にすぎない。

それをあげつらえば、しようもない逆恨みからアードルフが根も葉もない誹謗中傷を繰り返したことが発覚するやもしれぬ。

下手をするとアードルフの後ろ盾だった宰相にまで非難の矛先が向きかねない。

完全に手詰まりだった。

アードルフの自滅により、あっけなく勝敗はついてしまったのだ。

（あの女と結婚させたのが、致命的な間違いだった）

宰相は今更ながら臍《ほぞ》を嚙んだ。正直、気は進まなかったが、クラリサよりペルジネットのほうがいいとアードルフが言い張り、ペルジネットの母親にも昔のよしみで脅迫まがいに頼み込まれ、やむなく承知したのだ。

アードルフがおとなしくクラリサと結婚していれば……いや、それではクラリサが狙われ、殺されていたかもしれない。

そうなれば、以前からクラリサを想っていたエーリクがどう出たか。

強大な軍事力を持つ辺境伯でもあるエーリクが母方親族のヒルシュ男爵家と組んで反旗を翻しでもしたら、マグダレナ王国はまっぷたつに割れてしまう。

国王は偏愛する息子と戦うくらいなら喜んで独立を容認するだろう。

馬鹿なほうが扱いやすいと思ったら、とんでもなかった。

（真に恐れるべきは有能な敵ではなく無能な味方である、というのは本当だったたな）

このあたりが引き際か……と宰相はうらぶれた溜め息をついたのだった。


アードルフの廃嫡は即座に手続きが取られた。

国王は二年前からアードルフの素行調査を秘密裏に進めており、積み上げられた遊蕩《ゆうとう》、放埒、不行跡の証拠は放蕩《ほうとう》貴族さえ唖然とさせるほどだった。

これまで一貫してアードルフを庇ってきた宰相が掌を返したため、アードルフの廃嫡及びエーリク王子の新王太子冊立は満場一致で決定したのだった。

終章

マグダレナの王城に嵐が吹き荒れて半年。

ついにエーリクの立太子式の日がやってきた。六月の王宮にはすでに夏の雰囲気が感じられ、庭園には色とりどりの薔薇が見事に咲き誇っている。

この半年で王城はすっかり変わった。

アードルフは王太子の地位を失い、僻地《へきち》の城に監禁となった。

エルメンガルト妃は息子の廃太子に反対して騒いだが、宰相は彼女のこともあっさり切り捨てて一顧だにしなかった。

後ろ楯を失った彼女は離縁され、実家にゆかりの修道院へ送られた。

ペルジネットは母親とともに国外へ追放された。戻ってくれば問答無用で死刑となる。

母のフェルトザラートまで一緒に追放となったのは、彼女もまた暗殺に関わっていたからだ。

娘に相談を受けたフェルトザラートは、騎士くずれの無頼漢を紹介した。直接の知り合いではなく、知り合いの知り合いといったところだが、つまりは昔からろくでもない連中と繋がりがあったということだ。

事情を知らされたヴァイスハイト伯爵は大きな衝撃を受けた。庇うには罪が重すぎ、やむなくフェルトザラートを離縁して自宅謹慎中だ。

頼みの綱の宰相も一緒に失脚してしまったので、もはや宮廷での出世は見込めない。

宰相が宮中伯の身分を剝奪《はくだつ》されて王宮を追われたのは、皮肉にもフェルトザラートがきっかけだった。

エーリクは、いずれ過度の役得を断罪するつもりで密かに宰相を見張らせていた。そこへフェルトザラートがこっそり訪ねてきたのである。

それを知ったエーリクはただちに駆けつけ、部下たちと共に密談に耳を傾けた。

彼女は、娘の国外追放処分を撤回しなければ秘密をバラすと宰相を脅していた。

それは二十年前、エーリクと母王妃が離宮暮らしを強いられるきっかけとなった事件のことだった。

王妃の小間使いがふたりに毒を盛って病気にしたのだが、その小間使いがフェルトザラートだったのである。

彼女は宰相の指示でエーリクとレナーテに毒を投与した。宰相のおかげで養父の遺産を手に入れられたため、その返礼のようなものだったらしい。しかしエーリクに怪しまれ、見破られて姿を消した。

彼女はまもなく何食わぬ顔でヴァイスハイト伯爵の後添えに収まったが、エーリクは最初の夫人にしか会ったことがなく、後妻の顔は知らなかった。

小間使いに扮《ふん》していたときは別名を名乗っており、伯爵夫人になってからは用心してエーリクと顔を合わせるのを避けていた。

フェルトザラートが宰相に談判する様を窺っていたエーリクは彼女の顔を初めて見た。忘れもしない、あの小間使いの顔だった。

ただちに部下に命じて捕縛させると、不意をつかれた彼女は開き直って宰相も道連れにすると息巻き、何もかもぶちまけたのだった。

真相を知った国王は激怒し、宰相の身分と全財産を没収の上、広場でフェルトザラートと並んで晒《さら》し刑に処した。

その後、フェルトザラートは娘とともに国外追放。宰相はアードルフ同様、僻地の城に生涯幽閉となった。

長年宮廷を牛耳っていた宰相が突然いなくなると、事後処理は想像以上に大変だった。

しかし即位以来宰相に頭を押さえつけられていたとはいえ、国王もただ無為に日々を過ごしていたわけではなかった。宰相を反面教師として地道に政治を学んでいたのだ。

エーリクは父王と手を携えて宮廷の改革に取り組んだ。宰相に嫌われて宮廷から遠ざかっていた有能な官吏を呼び戻すなど、政治の刷新を図った。

辺境伯の地位はとりあえず兼任している。

城代としてまずは年長のコンラートに打診すると、カールのほうがふさわしいと固辞された。

ならばとカールに命じれば、コンラートにすべきだとこれまた固辞されて、結局ふたりとも同格の城代に任命することになったのだった。


立太子式には晴れて王宮に復帰したレナーテ王妃も出席した。

厳粛な式の後は王太子妃となったクラリサのお披露目《ひろめ》を兼ねて盛大な祝宴が開かれた。

(二度と訪れることはないと思っていた王宮で、まさかこんな華やかな宴の主役になるなんて……)

クラリサは感慨無量だった。

父親のヴァイスハイト伯爵とも少しだけ話した。

父は情勢の激変ですっかりやつれ、老け込んでいた。長年宰相に媚びへつらってきたので、どうしていいかわからないのだろう。

領地に引っ込むつもりだ、と弱々しく父は言った。

フェルトザラートとペルジネットは国外追放となり、二度と会えない。

公的には宰相に、私的には妻に依存しきっていた父は、どこにも身の置き所がないと感じているらしかった。

ずっと冷遇されていたとはいえ、力になりたい気持ちはあるのだが、縁故政治の刷新を図っているエーリクに頼むのはよくない気がする。父も泣きついては来なかった。

ただ、クラリサの勘当を解いたことを告げ、これまでの仕打ちを詫びた。

父が唯一頼んだのは、跡取り息子のことだった。フェルトザラートが産んだ子で、クラリサの異母弟である。

小間使いに扮したフェルトザラートが王妃と王子に毒薬を投与したことについては、伯爵家に直接の咎めはなかった。悪行が結婚前だったからだ。

しかし今回エーリクに刺客を差し向けた件では、伯爵も連帯責任を負わざるを得ず、王宮への無期限出入り禁止となった。

立太子式の日は特別に登城を許されたものの、祝宴に席はなかった。宰相の腰巾着は皆失脚しているので、王太子妃の実父だからといって例外扱いはできない。

そこは厳格にしてほしいと思っているし、立場上クラリサが蟄居《ちっきょ》中の父を訪問することもできないため、話せるように精一杯エーリクが取り計らってくれたのだろう。

息子だけは王都に残し、立派に伯爵家を継がせたい、というのが父の唯一の願いだった。

母と姉を失い、父も田舎に引っ込めば、息子は王都の屋敷でひとりきりになってしまう。家族として優しく接してもらえないかと頼まれ、クラリサは喜んで承諾した。異母弟とはもともと仲良くしていた。彼は同母姉であるペルジネットよりもクラリサに懐いていた。

母のフェルトザラートより慕っていたかもしれない。

大事な跡取りなのに、フェルトザラートは息子に関心が薄く、世話は乳母や子守に任せきりだった。

娘のペルジネットは分身のごとく溺愛していたというのに不思議なことだ。

伯爵夫人そして次代伯爵の母よりも、王太子妃ひいては王妃の母という地位のほうが、彼女にとっては魅力的だったのかもしれない。

祝宴の後、身繕いを済ませて寝室でふたりきりになると、クラリサはさっそく異母弟の件をエーリクに相談してみた。

「弟は幾つだったかな？」

「十一歳になりました。素直ないい子なんです。ちょっと気弱なくらいで。ペルジネットとはあまり似ていません。そうだわ、時々意地悪されて泣いてました！」

懸命に訴えるとエーリクは苦笑した。

「わかった、わかった。心配するな、子どもにまで連帯責任を負わせるつもりはない。近いうちに会って話をしてみよう。王宮で小姓務めをさせてもいい。屋敷にひとりでいるよりいいだろう」

「そうしていただければ、わたしも安心です」

「ヴァイスハイト伯爵はもともと騎士の家系だ。先代伯爵は戦場で陛下の命を救った。父上は勇猛果敢な騎士の血筋を欲して結婚話を持ち出されたのかもしれないな」

チュッとキスされてクラリサは頬を染めた。

「わたしはローデリカのように勇敢ではありませんが……」

「いや、あなたはとても勇敢だよ。挫《くじ》けない心の強靱《つよ》さを持つひとだ。ローデリカなんぞ、ただガサツなだけだろう」

「まぁ、ひどい」

くすくすとクラリサは笑った。

ローデリカはクラリサの侍女としてこの王宮に来ている。貴婦人らしさもだいぶ身についてきたが、王宮では木剣を持ち歩けなくて不満たらたらだ。

王宮の衛兵はヘナチョコばかりだと鼻息荒い。すでにこてんぱんに伸された者が両手の指を超えたとか……。

エーリクはクラリサにくちづけながら夜着を脱がせにかかった。

神聖な儀式のように左胸の傷痕に優しく唇を押し当てた彼は、ふと胸元で揺れるポマンダーを手に取って呟いた。

「ずっと大事にしてるんだな」

「お守りですから」

「天使にもらった？」

はい、と頷くと、彼は面映そうな顔になった。

「……天使はあなただ。俺にとって、あなたこそが穢れなく美しい天使だったんだ。ずっと」

「エーリク様……？」

「赤子のあなたに会ったことがあると言っただろう？　その後もう一度だけ、あなたと会った」

「二年――いえ、三年前に助けてくださったときではなく？」

「あなたが御母上の墓前で泣いていたときだ。修道院なんか行きたくない、迎えに来て……と」

クラリサはぽかんとエーリクを見つめた。

「エーリク様……だったの……？」

彼は照れくさそうに微笑んでポマンダーにキスした。

「……もうっ、どうして早く言ってくれなかったんですか⁉」

「夢を壊しては悪いと思ってな。せっかく美しい天使だと思っていたのが、実際にはただの人間とわかったら、がっかりさせてしまう」

「がっかりなんてするわけないじゃないですか！」

眉を吊り上げて言い返したとたん、瞳が潤んだ。

「……エーリク様は、ずっとわたしを見守っていてくれたんですね。幼い頃から、ずっと……。でも、陰ながらではなく、会いたかったわ」

「すまない。おおっぴらに会いにいったりすれば、あなたに迷惑がかかるかもしれないと思ったんだ」

クラリサが物心ついた頃、すでにエーリクは母王妃とともに離宮へ追いやられていた。まだアードルフとの婚約は正式に成立していなかったが、すでに婚約したも同然の扱いだった。

そんなときにエーリクがクラリサと会ったりすれば、クラリサではなく彼の身に危険が及んだかもしれない。

だからきっと、このほうがよかったのだ。

彼は一途にクラリサを想い続けてくれた。自分が彼の純粋な想いにふさわしい人間であることを願うばかりだ。

クラリサはポマンダーごとエーリクの手を両手で握りしめた。

「愛しています、エーリク様。わたし、エーリク様のことが、本当に……本当に、大好きなんです」

彼はもう片方の手で、しっかりとクラリサの手を包んだ。

「俺もだ。俺にとって幼いクラリサは天使だった。この世のすべての善きものの象徴だったんだ。今もそれは変わらない。だが、生身の女性としてのクラリサも、それと同じくらい愛している。あなたが愛おしくてならない。触れたくて、抱きしめたくて、たまらなくなる」

「では、そうしてください……」

クラリサは顔を赤らめながら囁いた。

エーリクはポマンダーを外して枕元に置き、クラリサを抱き寄せて唇をふさいだ。

慣れ親しんだ唇のあたたかさに胸が轟く。

無我夢中で抱きつくと逞しい背中のごつごつした感触に幸福感が込み上げた。

「ん……ん……」

激しく舌を吸いねぶられ、懸命に応える。甘い唾液があふれ、じゅっと吸われると喜びのあまり眩暈がした。

エーリクはクラリサを横たえ、弾む乳房を鷲《わし》摑んでぐにぐにと捏ね回した。凝った乳首をくりくりと紙縒《こよ》り、さらに尖らせる。

痛いほど尖鋭《せんえい》な快感に、クラリサはくっと顎を反らした。

大きく円を描きながらふくらみを揉みしだかれる。指の跡がつくくらい、強くしてほしいとクラリサは懇願した。

それを聞くとエーリクは獲物を前にした野獣のように目をきらめかせ、甘く囁いた。

「挑発するな、加減できなくなる」

「しないで、い……から……っ」

はぁはぁ喘ぎながら背をしならせる。

奇怪《おか》しいくらい秘処がじんじん疼いていた。『天使』の正体がエーリクだったとわかったせいだろうか。

ふだんよりもずっと気持ちが昂って下腹部に不穏な熱がわだかまり、腰が淫らに前後してしまう。

(ダメっ……このままじゃ……達してしまう……！)

がまんしなきゃ、と必死にこらえたが、刺激はあまりに鮮烈だった。

「くひッ……」

すすり泣きのような悲鳴を上げ、クラリサは胸を突き出すように反り返った。

ビクビクと柔肉が震え、熱い蜜がどっとあふれる。

「……達《イ》ったのか？」

「ごめ……なさ……っ」

「謝ることはない」

エーリクは嬉しそうにクラリサの唇を吸った。

「挿《い》れる前にたくさん達かせてやる。本当はすぐにも挿れたいくらいなんだが……」

生々しい猛りが腿に触れ、刺すような疼きが秘処を貫く。

挿れて、とクラリサは身も世もなくねだった。彼の欲望を直に感じたかった。張りつめた剛直を胎内深く招じ入れ、荒々しく突き上げてほしかった。

だが、エーリクは獣のように笑って乳房に吸いついた。

乳輪ごと口に含んで吸っては離し、尖った乳首を歯で扱きながら舐め回す。ぬらぬらと濡れて赤みを増した刺が男の欲望をさらに煽《あお》り立《た》てる。

執拗《しつよう》に乳房を弄られ、クラリサはさらに二度、快感を極めてしまった。乳房だけでこんなに達してしまうのは初めてだ。

エーリクはやっと乳房から顔を上げると、身体をずらし、腿を摑んでぐいと脚を広げた。濡れそぼった秘裂がくぱりと開き、とろとろと蜜が流れる。

「……すごいな。もうこんなに濡らしていたのか」

詰られたわけでもないのに、恥ずかしくて切れ切れにごめんなさいと繰り返す。

羞恥の涙がこぼれ、弱々しく吐息を洩らした瞬間、未だ痙攣の収まらない秘処にエーリクがむしゃぶりついた。

「ひぁあっ！」

熱い舌で秘裂を舐め上げられる感覚に、ぞくりと顎を反らす。

反射的にエーリクの肩を押し戻そうとするも、頑健な男の力に敵うわけもなく、逞しい肩に腿を担がれてしまう。

「ひっ、あっ、あぁあっ」

快感にむせび泣きながらクラリサは左右に頭を振った。

ほろほろと愉悦の涙がこぼれる。

柔肉を齧《かじ》り取るような勢いで激しく責めたてられ、クラリサは続けざまに絶頂してしまった。

淫靡にのたうつ女体を見下ろし、エーリクは蜜と唾液で濡れた唇をぐいと擦った。犬歯が剝き出しになり、野性的な色香が匂い立つ。

「さぁ、ご褒美だ」

甘く官能的に囁き、彼は痙攣する蜜口に怒張を押し当てた。

はっ、と息を呑んだ瞬間。

一気に最奥までずっぷりと猛杭を突き立てられていた。

その衝撃でまたも達してしまう。呆然と見開いた視界に白い光が明滅した。

ずるっと退いた屹立が、ふたたび勢いよく戻ってくる。

「ひっ、あっ、あっ、あぁん」

突き上げられるたびに淫靡な嬌声が唇を突く。

ぐっと腰を押しつけ、密着したままぐいぐいと抉るように押し回されると、たまらない快感で脳髄がとろけそうだ。

角度を変えながら執拗に蜜鞘を穿つエーリクの動きは、次第に単調な抽挿へと変化していった。

ずぷずぷと肉槍を奥処《おく》に突き刺し、欲望にかすれた吐息が洩れる。

「クラリサ……。もう達きそうだ」

「ん、ん」

抽挿に合わせて腰を振りたくりながら、懸命にクラリサは頷いた。

一段と動きが切迫し、エーリクが熱く歯噛《はが》みする。

快感で下がってきた子宮口を太棹が突き上げ、噴き出した精水《きみず》が先端を濡らした。

ごりりと奥処《おく》を抉った欲望がついにはじけ、夥く花びらに奔流が襲いかかる。

どくどくと熱情を注ぎ込まれる快感にクラリサはしばし放心した。意識が白い光に包ま

出した。

れ、指先まで悦楽に痺れている。

荒い呼吸を繰り返していたエーリクが、痙攣し続ける花筒からずるりと肉棒を引きずり

大量に注がれた白濁が、蜜とともに掻き出されて滴り落ちる。

彼はクラリサの傍らに身を横たえ、大切そうに懐深く抱きしめた。

「愛してる、クラリサ。けっして離さない」

頷いて、彼の胸に鼻先をすり寄せる。

「好き……エーリク……」

朦朧と呟いたクラリサの背を、優しくエーリクが撫でた。

たとえようもない幸福感に包まれ、クラリサは満ち足りた眠りへと誘われていった。

あとがき

こんにちは。ヴァニラ文庫ではお久し振りです。このたびは『囚われ令嬢でしたが一途な王子様の最愛花嫁になりました』をお読みいただき、まことにありがとうございます。お楽しみいただけましたでしょうか？

今回のお話は時代的には中世後期〜ルネサンス初期あたり、場所的にはオーストリア〜スイスあたりのイメージです。ヒーローが守ってるお城はオーストリアのホーエンヴェルフェン城というお城を参考にしました。映画『サウンド・オブ・ミュージック』や『荒鷲の要塞』のロケ地にもなった絶景のお城です。

華麗な宮殿よりも武骨な山城のほうが好きなんですよね〜。甲冑もね、本当はピカピカのアーマープレートよりも十字軍あたりの鎖帷子にサーコートのほうが好きなんですけど、今回は時代的にゴシック式ということで！　……マニアックな話題ですみません。

時代に合わせると、女性のドレスはいいんですが男性はカボチャパンツになってしまい、現代の感覚ではイマイチ……。なので、男性の衣装はもっと後の時代を参考にしています。ヒストリカルでは男性衣装はあまりバリエーションが出せませんね。

作中、とある男性キャラがイヤリングをしていますが、このあたりの時代で一時期男性